文化德宏

梁河

葫芦丝悠扬 回龙茶飘香

中共梁河县委宣传部 编

云南出版集团　云南人民出版社

文化德宏·梁河

本卷撰稿　板如兴　朱德学　孙家林　曹先强　郎昌辉
　　　　　　孟聪翠　肖梅芳　尹培芳　周德时　周德才
　　　　　　杨耀辉　杨荣润　赵兴海　陈　江　孔连亮
　　　　　　郭荣亮　何成江　李　席　杨祖江　佚　名
　　　　　　莫建凌　肖素梅　尹相繁　张爱华　黄升林

本卷摄影　梁河县委宣传部　上海青浦摄影家协会　德宏团结报社
　　　　　　九保阿昌族乡政府　勐养镇政府
　　　　　　大厂乡政府　小厂乡政府
　　　　　　曹先强　杨帮庆　板如兴　尹叶邦　李　娜
　　　　　　朱德学　尹凯帮　蔺海霞　何成江　思　明
　　　　　　姚昌俊　曹保相　李萍菊　倪开宏　王　军
　　　　　　许洪印　李继涛　闫云秋　张立旺　钏兴武
　　　　　　尹春焕

梁河

图书在版编目（CIP）数据

文化德宏．梁河/中共梁河县委宣传部编 . ―― 昆明：
云南人民出版社，2022.2
ISBN 978-7-222-20623-6

Ⅰ.①文… Ⅱ.①中… Ⅲ.①散文集－中国－当代
Ⅳ.①I267

中国版本图书馆CIP数据核字（2022）第018429号

出 品 人：赵石定
责任编辑：苏映华
助理编辑：李明珠
装帧设计： 熊小熊
责任校对：姚实名
责任印制：窦雪松
书名题字：孙太仁
封面绘画：杨小华

WENHUA DEHONG · LIANGHE
文化德宏·梁河

中共梁河县委宣传部　编

出　　版：	云南出版集团　云南人民出版社
发　　行：	云南人民出版社
社　　址：	昆明市环城西路609号
邮　　编：	650034
网　　址：	www.ynpph.com.cn
E-mail：	ynrms@sina.com
开　　本：	787mm×1092mm　1/16
印　　张：	15.75
字　　数：	240千
版　　次：	2022年2月第1版第1次印刷
印　　刷：	云南出版印刷集团有限责任公司华印分公司
书　　号：	ISBN 978-7-222-20623-6
定　　价：	79.00元

如需购买图书、反馈意见，请与我社联系
总编室：0871-64109126　发行部：0871-64108507　审校部：0871-64164626　印制部：0871-64191534
版权所有　侵权必究　印装差错　负责调换

云南人民出版社微信公众号

总　序

地处高黎贡山余脉的德宏，江河南流，翠色尽染，历史悠久，文化璀璨，被人们誉为"美丽的孔雀之乡"。

闭目冥想，亿万年前，亚欧板块和印度洋板块漂移相遇、碰撞结合，使高黎贡山从海洋深处崛起，形成云南西部一堵"壮观的墙"，并分割着亚洲最重要的两片地域，你可曾想到这个山脉的崛起将产生怎样的意义？

伫立于德宏这块丰饶的沃土，聆听南方丝绸之路上的声声马铃，你是否感叹中原文化、南诏古国文化与勐卯果占壁文化相互碰撞、交融后所产生的辉煌？

假使说"文化德宏"丛书是一套内涵丰富、博大精深的现代版"德宏史记"，那么，这部"德宏史记"将向你展示西南边陲明珠所蕴含的久远与厚重、传奇与浪漫、和谐与包容。透过"德宏史记"这套传奇之书，你将看到从新石器时代一路走来的德宏，用4000余年的丰厚积淀，堆积出自成一体的文化精粹和人类文明。

一

毫无疑问，这场来自远古的漂移相遇与碰撞，创造了一道绿色的屏障，铺就了一条生命成长的走廊。从此，一群生活在瑞丽江流域的

南姑坝古人类便在这里狩猎捕鱼，用笨拙的双手打磨出最初的石刀、石斧、石锛，烧制出夹着沙粒的红、黑陶器，成为最早的稻作民族，并用贝多罗树叶制成了"贝叶经"，记录了自成一体的天文历法、佛教经典、社会历史、哲学、法律、医药等诸多内容，形成了流传经久的贝叶文化。

穿越浩瀚的史海，去寻觅德宏古老的文明，你会看到那个威武的莽纪拉扎"大王"乘着神奇的白象和他的子孙通过经年鏖战，创立了达光国、勐卯果占壁王国、麓川王国。《史记·大宛列传》载："昆明之属无君长……然闻其西千余里有乘象国……"而唐人樊绰所撰《蛮书》卷四《名类》记载："……妇人披五色娑罗笼，孔雀巢人家树上……土俗养象以耕田，仍烧其粪。"这应该是中原王朝的先贤们对傣族古老王国最早的记录。

当那一条世人知之甚少的"蜀身毒道"经德宏出境进入缅甸，最后到达印度和中东的传闻得到证实后，一个名叫马可·波罗的意大利人和明代著名旅行家徐霞客都慕名而来，并给德宏留下了史诗般的描述。

数千载风云变幻，五百年土司延续，三宣六慰、十司共治、改土归流，终将被历史发展的洪流带入跨越之舟，驶向光辉的彼岸。

二

打开尘封的记忆，在德宏这块美丽神奇的土地上，生活着傣族、景颇族、阿昌族、傈僳族、德昂族五个世居少数民族。他们在漫长的历史发展过程中，不但创造了灿烂辉煌的历史文化，更承传了绚丽多彩的民族风情。

德宏的历史文化艺术不仅有过古老的辉煌，而且沿袭几千年，积淀了丰富和厚重的民族民间艺术资源，是少数民族文化艺术的"活宝库"，也是现代德宏文化艺术赖以继承和发展的优势所在。这里有独特奇异的边疆民族风情，多姿多彩，让你目不暇接。

他们与水结缘，与水的狂欢，用贝叶书写着古老的文明；他们在高耸入云的目瑙柱下跳起了来自天堂的舞蹈——目瑙纵歌，传唱着久远的创世史诗"目瑙斋瓦"；他们挥舞着闪亮的户撒长刀，演绎着千锤百炼后的"遮帕麻和遮咪麻"；他们不畏艰险赴刀山火海，演绎不一样的坚毅和勇敢；他们是茶的民族，是古老的茶农，在时间的流逝中吟唱着"达古达楞"。

2019年11月12日，文化和旅游部公布了最新国家级非物质文化遗产代表性项目保护单位名录，德宏上榜13个国家级非物质文化遗产代表性项目。这是一本记忆的档案，这是一份德宏的家珍。千百年来，这些五彩缤纷的文化艺术在静态保护和活态传承中璀璨绽放，散发着迷人的文化魅力。

来德宏吧，在这里你可以看到原生态的"孔雀舞""嘎秧舞""象脚鼓舞""目瑙纵歌舞""银泡舞""阿露窝罗舞"和"三弦舞"，听着葫芦丝演奏的《有一个美丽的地方》和《月光下的凤尾竹》，让你的梦浸润在绚丽多彩的民族风情画廊中。

三

感谢这场来自远古两个地球板块的相遇与碰撞，它让地处东经97°31′—98°43′、北纬23°50′—25°20′的德宏群山连绵，层林密布，郁郁葱葱。造就了德宏特殊的地理位置和特有的地形地貌，形成了德宏立体多样的气候，让这里光照充足，雨量充沛，冬无严寒、夏无酷暑，花开四季、果结终年。

风光旖旎的瑞丽江、大盈江两条水系穿行于山坝之间，不是仙境，胜似仙境，让德宏拥有"孔雀之乡""热区宝地""天然温室""鱼米之乡""香料王国""热带亚热带物种基因库"等美称。

在这个最适宜人类居住的地方，你可以欣赏到秘境丛林中万物竞生，犀鸟、中缅灰叶猴、白腹锦鸡等各种珍稀兽类和禽类在铜

壁关国家级自然保护区里出没。珍奇树种应有尽有，山高水长皆入诗画，独树成林唤醒江湖。当镜头对准大自然时，会发现神奇之美无处不在。

德宏——她不施粉黛，美得自然、古朴、恬静，是人们向往的诗和远方。来一次说走就走的旅行吧，走进德宏的热带亚热带雨林，去拥抱灵动的自然，去触摸神秘的画卷，去尽情享受精神家园的回归。

四

德宏——这个古老的南方丝绸之路必经的驿站，历经的苦难实在是太多太多，但境内的各族人民总是挺起脊梁，守护家园。

这里地处祖国西南边陲，战略地位极为重要，自古以来为兵家必争之地。唐宋元明，不必赘述，进入近现代，由于英、日帝国主义的相继入侵，各族人民奋起抗击，表现了不屈不挠的反帝爱国精神。清光绪元年（1875年）在盈江蛮允发生的马嘉理事件，让腐败无能的清政府签订了屈辱的《烟台条约》(又称《滇案条约》)。为了抵御英军入侵，先有干崖土司刀安仁率众在铁壁关抗战达八年之久，后又有陇川王子树景颇族山官早乐东，面对强敌临危不惧，英勇抗击入侵英军，挫败英帝国主义妄图蚕食我国领土的阴谋。云南辛亥革命的先驱，傣族民主革命的先行者刀安仁率领德宏各族人民发动腾越起义。为了全国抗战的最后胜利，德宏各族百姓无怨无悔，用最原始的工具创造着筑路奇迹，把血与泪铺洒在滇缅公路上。南宛河畔的雷允，一座飞机制造厂悄然诞生。滇缅公路上，3200多名南侨机工在日夜奔忙，有1000多人在这条血线上因战火、车祸和疾病为国捐躯。1950年4月29日上午，鲜艳的五星红旗插上畹町桥头，从此，德宏边疆各族人民便开始了千年的跨越，《有一个美丽的地方》就此唱响。借助改革开放的春风，瑞丽江畔的姐告——一个昔日的牧场引发了历史嬗变。

德宏与缅甸山水相连，村寨相依，中缅两国友好交往的历史源

远流长。从缅甸琉璃宫中"胞波的传说"到唐代白居易的《骠国乐》，从中缅两国总理跨过畹町桥到德宏傣族景颇族自治州州府芒市举行中缅两国边民大联欢，从一口水井两国共饮到享誉四海的"中缅胞波狂欢节"，从小小留学生到国门书社，从"一马跑两国"到"丝路光影"国际微视频德宏影展，都诠释着中缅两国历久弥新的胞波情。

晨钟，荡不开两岸血浓于水的兄弟情结；暮鼓，传递着中缅两国人民世代友好的既往。

五

阳光毫不吝啬地倾洒在布满棕榈树的街道上，数座翡翠般晶莹的袖珍小城，就用悠闲的时光将每个来到这里的人"俘获"。透过"文化德宏"丛书，你是否愿意去仔细地揣摩和品味深藏在大街小巷或山乡村野的德宏味道？

走进德宏，徜徉在柔软的时光里，去感悟德宏众多奘房的幽静，去聆听风铃歌唱时散发出的袅袅余音。如果你还是个吃货，就更不该错过傣族最爱的"酸、甜、苦、辣、生"，拿出你的勇气去品尝一下"撒"的味道和奇特的昆虫食品吧，再不然就去感受一下景颇族"绿叶宴"的视觉和味觉的双重盛宴。

造物主仿佛特别宠爱这个地方，用了太多的乳汁、太多的色彩勾画这片沃土，让她闪烁出神秘而悠远的光彩。

愉悦地走进德宏色彩斑斓的世界，看勐巴娜西的黎明之城，到瑞丽江畔捡拾遍地的美丽，把水墨陇川拷进硬盘，让万象之城的大象驮着你去看梁河的"塔往右，水往南"。

你听说过"玉出云南，玉从瑞丽"吗？来德宏吧，看看现实版的翡翠传说，观察一下翡翠直播的新业态，体验一把珠宝市场万人簇拥的早市、晚市，选购一块与你结缘的翡翠，把山清、水秀、天

蓝、恋情留在此地，把最美的诗和远方带回你温馨的家。

或许你感觉德宏古老的历史已经沉睡，但要相信记录历史的时间依然醒着，因为在这块神奇美丽的土地上，有一群本土的历史文化名人，在特定的历史时期，用有限的生命铸造着德宏文化的历史丰碑，它将承载着人们的记忆驶向希望的未来。

文化德宏，史记德宏，能让你倾听每条江河流淌着的婉约之音，目睹每座青山描绘的瑰丽乐章，看到生命的创造，看到希望的拓展。当你与德宏相遇牵手，就能够触动你心灵深处那一根敏感的神经，并生发一种魂牵梦萦的情愫。

前　言

文化是人类社会发展的动力和灵魂，是一个地方的独特印记。习近平总书记强调："一个国家、一个民族的强盛，总是以文化兴盛为支撑的，中华民族伟大复兴需要以中华文化发展繁荣为条件。"而梁河，始终秉承文旅兴县战略，努力打造自己的文化符号，使文化繁荣成为推动县域经济社会发展的重要抓手和不断提升知名度、影响力的重要手段。21世纪以来，梁河县在抓好经济社会发展的同时，成功举办了5届"中国·梁河国际葫芦丝文化旅游节"和"回龙茶采摘节"，倾力打造"葫芦丝悠扬""回龙茶飘香"两张文化名片，以文为旗吸引世界各地人士不断前来兴业、观光、旅游、度假，共叙美好情谊，共谋社会发展。

梁河环境优美，民风淳朴，文化底蕴深厚，这里有闻名遐迩的葫芦丝音乐，有风味独特的餐饮美食，有国内保存最完整的"傣族故宫"——南甸宣抚司署，有古丝绸之路的重要驿站——九保古镇，这些悠久的历史景点和文化符号，使梁河散发出一种独特的艺术魅力。在这里，你可以品一杯傣族米酒，感受"李白斗酒诗百篇，长安市上酒家眠"的豪迈与飒爽；也可以泡一泓温泉，尽享"暖风熏

得游人醉,直把杭州作汴州"的浪漫与温馨;抑或是泡一壶回龙香茗,在"此曲只应天上有,人间能得几回闻"的葫芦丝音乐中,悠闲地漫步于九保古镇,或者徐徐穿过南甸宣抚司署雄伟的古建筑群落,发出"萧瑟秋风今又是,换了人间"的感叹。四通八达的交通道路,玲珑精致的城市建筑,怡然自得的城乡生活,历经岁月洗礼而永不褪色的人文景观,把梁河装点得生机勃勃,使"葫芦丝之乡"成为一幅迷人的画卷。

"风已鼓,扬帆起航。"今天,站在新时代的起点上,我们用大散文的形式书写《文化德宏·梁河》,举全县文学之力记录梁河、讴歌梁河、展示梁河,让人们在纸上留香中充分领略梁河的山美、水美、人物美,在寂静的阅读中感受那浓郁的亲情、友情、家国情,让梁河故事在岁月的沉淀中历久弥香。

欢迎你到梁河来,这里春暖花开!

《文化德宏·梁河》编委会

目录 Contents

001　第一章　古乐神韵　醉美梁河

002　起源——葫芦丝的美丽传说
005　律动——指尖上跳动的音符
007　匠心——纯手工制作的初心
010　传承——葫芦丝之乡的符号
015　展示——葫芦丝的发展现状
020　名家——古老乐器亘古情长

029　第二章　梁河回龙　滇西佳茗

030　"回龙茶"的传说
032　一片绿叶的秘密
040　梁河回龙茶的奠基者——封维德
042　魏建国的"金花普洱"梦
044　香茗烹出回龙宴

049　第三章　神秘阿昌　魅力无穷

050　创世史诗《遮帕麻和遮咪麻》
058　创世史诗的祭典——阿露窝罗节
062　丰富多彩的阿昌族民间文艺
068　古朴别致的婚恋礼俗
073　阿昌织锦与服饰的魅力
079　狮舞花灯

083　第四章　人文蔚起　灵秀之地

084　走进傣族故宫
　　　　——南甸宣府司署
096　三宣之冠
　　　　——几代土司逸事
103　清朝四举人
108　九保古镇
112　朱德恩师李根源
120　梁河特委：边疆德宏的第一缕红色曙光
124　春风十里　书香满城

137　第五章　民族风情　绚烂多彩

138　泼洒时节尽狂欢——傣族
144　纵歌一曲邦歪山——景颇族
149　盛世花开傈花卡——傈僳族
154　二古城上庆浇花——德昂族

159　第六章　绿水青山　天然氧吧

160　听，梁河的四季故事
178　逛，梁河的多彩风情

213　第七章　特色美食　记忆乡愁

214　"植物燕窝"皂角米
218　穿行龙江知鱼美
222　九保小吃连成街
226　舌尖上的红茂
230　迎客礼推八大碗

232　编后语

第一章

古乐神韵　醉美梁河

在彩云之南的德宏傣族竹林深处，葫芦丝穿过历史岁月的沧桑，以其简洁美观的外表和天籁般的音色，将各民族同胞的生活演绎得精彩纷呈。随着时代的变迁和人们对美好生活的更高追求，葫芦丝这种古老的民族乐器犹如沉寂在边陲的大家闺秀，一经亮相便惊艳世人，以其柔和、优美、婉转动人的旋律，赢得了公众的青睐和欢迎，在新时代的乐器大家庭中熠熠生辉。

起源——葫芦丝的美丽传说

关于葫芦丝的起源，没有准确的文献记载。目前主要流传着两个版本，即傣族同胞桑亮与少玉的爱情版本，德昂族同胞昆撒乐与欧比木的爱情版本。无论是傣族同胞的爱情版本还是德昂族同胞的爱情版本，都传达出一种信息，即葫芦丝是一种以传递感情为主的民族乐器，在古代纯朴的爱情世界中占有重要地位，体现了人们对美好爱情的向往与执着追求。

关于葫芦丝的起源，没有准确的文献记载，从梁河流传的民间故事分析，可以追溯到先秦时代，甚至上古时期，其起源流传至今主要有两个版本。版本一：传说在上古时期，有一年勐养江发大水，傣族情侣桑亮和少玉在自制的竹筏中漂流，因竹筏承载不了两人的重量，少玉便跳入滚滚洪水中，把生的希望留给了桑亮……桑亮思念少玉，每天在挂满葫芦的窝棚中以泪洗面。一天，当桑亮又在江边沉思凝望时，从风吹过的葫芦孔里听到了一种"仿佛哭诉的呜咽声"，正在悲思中的桑亮灵光一闪，他分别采摘和砍下造型最好的葫芦与竹子，做成一支葫芦丝，然后每日对着江水吹奏。天长日久，竟演绎成了一首如诉如泣的经典歌曲——葫芦丝古调，后被葫芦丝学者、专家称为傣族的爱情诗歌。

版本二：相传古时德昂族寨子里有一个叫昆撒乐的小伙子和一个叫欧比木的姑娘，他们从小青梅竹马，情投意合。昆撒乐是个文艺青年，他会用树叶吹奏美好的音乐。由于树叶容易干枯，难以保存，他就用薄薄的铜片代替叶子放到竹筒上吹，再套上葫芦，就制成了声音动人的"毕格宝"（德昂语，意为葫芦丝）。昆撒乐常常

吹起"毕格宝"与欧比木相会，但欧比木的父母嫌昆撒乐家贫，不愿将欧比木许配给他，还悄悄地在深山里盖了一座吊脚楼，将欧比木藏到吊脚楼里，不让他们见面。昆撒乐是个有骨气的青年，为了心爱的姑娘，他决心外出挣钱。欧比木一个人住在深山里，十分思念恋人，天长日久，憔悴不堪，眼睛也花了。一天，欧比木见地上有一对脚印，以为是昆撒乐来过，就放下梯子等心上人前来约会。哪知吊脚楼附近的脚印是老虎留下的，它闻到人的气味一直在附近转悠，现在见吊脚楼上竟有梯子放下，于是便顺着梯子爬上楼把欧比木吃了。两年后，怀揣银子的昆撒乐回到家，发现心上人已经被老虎吃了。悲愤不已的昆撒乐钻进深山将老虎杀死，然后孤独地吹起他的"毕格宝"，倾诉刻骨铭心的思恋。昆撒乐吹奏的曲子称为"流泪调"，至今在梁河二古城一带仍有人演奏。

国家二级作曲家、民族音乐理论家，德宏傣族景颇族自治州民族歌舞团原团长杨锦和先生认为，不管是桑亮的"葫芦丝古调"还是昆撒乐的"流泪调"，都是动人的传说，寄托着人们对美好爱情的向往和对葫芦丝音乐灵魂的探究。真正的葫芦丝起源是一个科学严谨的课题，还有待进一步研究论证，但葫芦丝是傣族、德昂族等共同演奏的民族乐器，这是毋庸置疑的历史事实和社会现状。

葫芦丝的传说

事实上，葫芦丝这种乐器可能已经在梁河县诞生两三千年了，正是这种厚重的历史渊源，才使得这种古老的民族乐器在梁河不断发扬光大。只是由于过去交通道路不畅、人员往来不够频繁、信息闭塞等，才使得这种民族乐器如巷子里的美酒一样只能流传一隅而不被世人所熟知。随着时代的变迁和现代化交流方式的不断更新，这种轻巧而旋律优美的民族乐器便如蛰伏已久的大鹏，一飞便冲天而起，短短几十年时间便从乡间一隅的民族乐器成长为世界知名乐器。2006年，梁河县被云南省政府命名为"葫芦丝之乡"；2011年，又被命名为"中国民间文化艺术之乡"；2014年，获国家地理标志保护产品认证，成为国内获此殊荣的少数民族乐器产品。可见，葫芦丝在梁河县的历史地位非同一般，而龚全国、哏德全等葫芦丝知名演奏家和制作家的横空出世，也为"葫芦丝之乡梁河"的申报奠定了坚实的基础。

夕阳下正在演奏葫芦丝的傣族男子

律动——指尖上跳动的音符

葫芦丝之所以如此受人欢迎，除了声音动人、美观大方、便于携带外，其简明易学的特点也是受人欢迎的重要原因。吹奏葫芦丝时，演奏者只需将吹口含在嘴中，左右手轻轻握住竹管，十指翻飞，动人的葫芦丝音乐便从指尖飘溢出来，那样子既洒脱又大方。

1982年，梁河县葫芦丝演奏家龚全国在全国民族乐器独奏比赛中荣获葫芦丝、象脚鼓表演一等奖。1984年至1986年，他两次被邀请到日本演出，其所演奏的代表曲目《竹林深处》《德宏美》，深受日本民众欢迎，葫芦丝开始走向世界舞台。20世纪90年代，随着民间葫芦丝演奏大家哏德全的兴起，拜他为师的学生络绎不绝，短短几年时间就教授学生逾千人，其中，来自欧美日韩等国家的留学生逾200人。一时间，哏德全葫芦丝音乐响遍祖国大江南北。

为什么葫芦丝音乐会如此受人欢迎呢？除了葫芦丝本身构造简单、美观大方、轻巧便于携带外，简明易学的特点也是受人喜欢的重要原因。葫芦丝主要由小型葫芦、三根紫竹管和金属簧片组成，其长度一般不超过六十厘米，单个重量不超过五百克，演奏起来端庄雅致、雍容大方。吹奏葫芦丝时，只需将吹口含在嘴中，左右手轻轻握住紫竹，用双手的食指、中指和无名指按住主管的七个音孔，十指翻飞，动人的音乐便从指尖飘溢出来，令人心旷神怡。有时根据曲调需要拔出附管孔

塞，以让曲调更加富有感染力，比如吹奏《竹林深处》后半段就需要拔掉左边附管的孔塞，这样演奏的《竹林深处》才更欢快、更有韵味。吹奏葫芦丝的方法有自然换气法和循环换气法，自然换气法就是像平常那样自由呼吸，按音乐的旋律自然停换气息，收放自如；循环换气法是用鼻孔呼吸和换气，其间演奏不能停止，只有具有较高演奏水平的演奏者才会使用该方法。循环换气法能持续发出五度音程，最典型的是吹奏傣族古老情歌《古调》，该曲从头至尾发出"嗡"的底音，在此期间演奏不能停止，一气呵成，时间长达数分钟，只有葫芦丝演奏功底十分深厚的人才能完成演奏。葫芦丝音色柔和、圆润、婉转，演奏者十指灵动，收放自如，在月色笼罩的野外及傣族竹楼里，给人以朦胧的美感，吹出的颤音犹如抖动丝绸那样飘逸灵动，余音绕梁，使人三月不知肉味。

❶ 用来制作葫芦丝的葫芦

❷ 葫芦丝

匠心——纯手工制作的初心

在现代社会，像葫芦丝这种构造简洁而又音色动人的器乐，产业化生产是企业家的必然追求，但在葫芦丝的发祥地梁河县勐养镇帮盖村哏氏葫芦丝制作的葫芦丝，每个步骤都是纯手工完成，以原始的技艺固守葫芦丝的神圣，用细致的打磨诠释艺术人生。

在现代社会，像制作葫芦丝这样的轻巧物件，完全可以用机械完成，既轻松又高效。可在勐养镇帮盖村委会芒滚自然村哏氏葫芦丝制作中心制作的葫芦丝所有工序都是纯手工完成。

80后小伙哏从国自小热爱葫芦丝，受当地文化和叔父哏德全的影响，自1999年初中毕业后就开始学习制作和演奏葫芦丝。他先是在家乡制作，后跟随叔叔哏德全到昆明发展，得到哏德全的精心指导，是葫芦丝演奏家、制作家哏德全的嫡传弟子。自2008年哏德全在昆明逝世后，他就将"哏德全葫芦丝制作中心"从昆明搬到了帮盖村，经过几年的努力，制作中心从原来的100多平方米发展到300多平方米，装修也焕然一新。但他对葫芦丝的制作依然保持着纯手工理念。他说，手工制作的葫芦丝美观、大方、音纯、耐用，看着就给人一种想要演奏的感觉。机械加工虽然又快捷又轻巧，但总给人一种工业化、利益化的感觉，失去了追求艺术的本真。虽然手工制作所获得的经济效益不高，但那种和艺术相融合

的真情实感，会让他们有一种艺术家的感觉。

"搞艺术就不能只讲究经济效益，更要追求精神文化与思想灵魂的内在统一。"这话从笑容可掬、满脸络腮胡子的哏从国口里说出来，就如溪流般自然而亲切。他自2012年创办"哏从国葫芦丝传习馆"开始，就致力于传承弘扬葫芦丝艺术，并在经济紧张的情况下成立了"哏氏葫芦丝文化产业开发有限公司"和"葫芦丝专业合作社"，带领全村及其周边群众共同打造葫芦丝产业。他推广葫芦种植，制作葫芦丝，开展葫芦丝制作和演奏培训，虽然十分辛苦，但忙得不亦乐乎。一般来说，葫芦丝制作分为六道工序：①加工葫芦。对选好的干葫芦用水泡六天，去瓤、刮皮、晾干后，再将葫芦底部均匀地打出与紫竹相匹配的三个孔，配上各种精美图案。②选竹。要根据制作的调门来确定竹管的长度和直径，以内外匀称、笔直无裂痕的干紫竹为佳。③打孔。在选好的紫竹上，用

葫芦丝制作

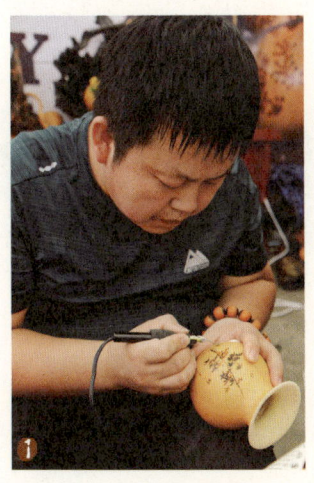

❶ 葫芦丝制作——绘制图
❷ 正在加工葫芦丝簧片

铅笔画出每个音的孔位，然后打孔。打孔的技巧在于力度，既不能太大也不能太小，力道要恰到好处。④选配葫芦。所选葫芦大小要与调门及紫竹粗细相匹配。⑤安装。要将葫芦、紫竹、簧片等零部件进行有序安装，初步形成完整的葫芦丝。⑥校音。这是比较关键的环节，只有专业的音乐家才能把音校准，让葫芦丝演奏出动人的音乐。对于这六道工序，哏从国都采用纯手工制作。因此，他制作的葫芦丝音色纯正、美观大方、经久耐用，在市场上供不应求。别人一般一把葫芦丝能卖二三百元，他的一把能卖七八百元，有的甚至高达三千元。由于技术人员稀少，他的产量始终上不去，但他仍然坚持手工制作的初心，决不为了经济效益而粗制滥造。

近年来，慕名到帮盖村参观旅游的人越来越多，面对越来越多的参观者，哏从国决心把葫芦丝产业与旅游业融为一体，带动整个帮盖村乃至勐养镇的经济发展。在政府的关心支持下，哏从国在芒滚村东边租下大片荒地，投资120多万元建起了集加工、培训、展示、接待于一体的葫芦丝文化产业园，随时迎接来自四面八方的宾朋。因为"哏氏"葫芦丝品质优异、制作精美，许多游客到了帮盖村都要购买他的葫芦丝。即使供不应求他也决不以次充好，在社会上赢得了高度赞誉。

传承——葫芦丝之乡的符号

梁河之所以被称为"葫芦丝之乡"和"中国民间民族文化之乡"，获葫芦丝国家地理标志保护产品认证，其主要原因不仅是葫芦丝历史悠久，千百年来不断在民间传承弘扬，还因为历代梁河葫芦丝爱好者对这种民俗器乐的不懈追求，从音域的拓展到演奏曲调的创编，不断成就葫芦丝臻于完善的艺术演奏。

为什么梁河葫芦丝会被大家如此厚爱，一再给予极高的赞誉呢？其中有许多特点是值得挖掘的。

一是葫芦丝历史悠久，千百年来，在梁河民间流传着葫芦丝起源的悲壮故事，这些故事奠定了葫芦丝起源于梁河的民间历史依据。根据这两个爱情故事改编的《古歌》和《流泪调》，是傣族、德昂族人民群众的智慧结晶。二是梁河县傣族葫芦丝演奏家龚全国是第一个将葫芦丝吹上人民大会堂并获得少数民族乐器表演一等奖的人，让葫芦丝首次从梁河民间走上历史舞台，被世人所熟知。20世纪90年代，帮盖村民间著名葫芦丝演奏家、制作家哏德全又将葫芦丝吹到了美国和欧洲地区，使葫芦丝成为中外文化交流的一个符号。在2010年梁河县举办的第二届国际葫芦丝文化旅游节暨葫芦丝比赛中，梁河县葫芦丝后起之秀倪开宏一举夺魁，从而掀起青年人学习葫芦丝的热潮。三是梁河县葫芦丝群众基础扎实，葫芦丝学习氛围浓郁，全县能演奏3首以上葫芦丝歌曲的有近5000人，特别是傣族、德昂寨、阿昌族等少数民族，上至耄耋老人，下至垂

髫少年大多能演奏葫芦丝。中小学广泛开展葫芦丝教学，葫芦丝在梁河已成遍地开花之势。四是梁河县傣族、德昂族民间有吹奏葫芦丝"冲姑娘"的传统习俗，这种具有技术含量的民间传情达意方式，对葫芦丝在民间的普及运用具有潜移默化的推动作用。五是新中国成立后，昆明、北京的艺术家首先在梁河发现了葫芦丝。据云南艺术学院的艺术家回忆，云南解放后，文艺工作者到全省各地考察少数民族文艺工作，考察队员第一次在梁河发现了傣族制作和演奏的葫芦丝，惊喜万分，遂带上葫芦丝返回昆明做进一步研究。20世纪90年代，民间著名葫芦丝演奏家、制作家哏德全规范了葫芦丝制作标准，并与他人合作出版了中国第一部葫芦丝教程，在昆明创办的葫芦丝工作室培养了许多中外艺术人才，使葫芦丝文化不断从乡间走上世界舞台。六是梁河葫芦丝产业初具规模，葫芦丝艺术人才雄厚。全县种植、加工葫芦丝的作坊十余个，每年制作的葫芦丝收入数百万元，部分少数民族群众已把制作葫芦丝收入当成自己的主要收入来源，通过政府引导和培育的葫芦丝产业已具备

❶ 小卜冒（小伙子）通过演奏葫芦丝向心仪的女孩表达爱意

❷ 吹奏起心爱的葫芦丝

❶ 已故葫芦丝演奏家哏德全
❷ 葫芦丝演奏
❸ 葫芦艺术传承
❹ 葫芦制作
❺ 傣族青年男女吹奏葫芦丝

一定规模，且有不断发展的趋势。

在葫芦丝迈向国际化的道路上，中国民族管弦乐学会葫芦丝巴乌专业委员会会长何维青起到了重要的"推手"作用。说起何维青与葫芦丝的结缘，还有一段动人的故事。1961年，何维青与十八个北京演员到云南慰问采矿工人和少数民族同胞。一天晚上，他听到一阵悦耳的音乐声，便循声望去，看到一个傣族青年在夜幕下吹奏一种他以前从未见过的乐器，于是便怀着一探究竟的心情与青年攀谈起来。他从青年的口中知道这种乐器叫葫芦丝，心里便暗暗喜欢上了这种民族乐器。第二天，当何维青坐上车准备离开时，青年追上来送给他一把连夜赶做的葫芦丝。从此，何维青就与葫芦丝结下了不解之缘。如今六十多年过去了，那个连姓名都不知道的傣族青年送的葫芦丝成了他最珍贵的礼物，尽管它已经不能吹奏，但仍然被他完好地保存着。

因为热爱葫芦丝，何维青先后十余次到梁河县进行葫芦丝寻根之旅，组织全国各地葫芦丝爱好者到梁河研习葫芦丝文化，并与梁河葫芦丝艺术家龚全国、哏德全、倪开宏等成为知心朋友。在何维青等知名艺术家的大力推崇下，2005年6月，由文化部、民政部审批，成立了"中国民族管弦乐学会葫芦丝巴乌专业委员会"，王铁锤任首届会长，何维青任常务副会长兼秘书长，之后，何维青连任会长至今。上任伊始，何维青就率领众人对葫芦丝进行了改革，

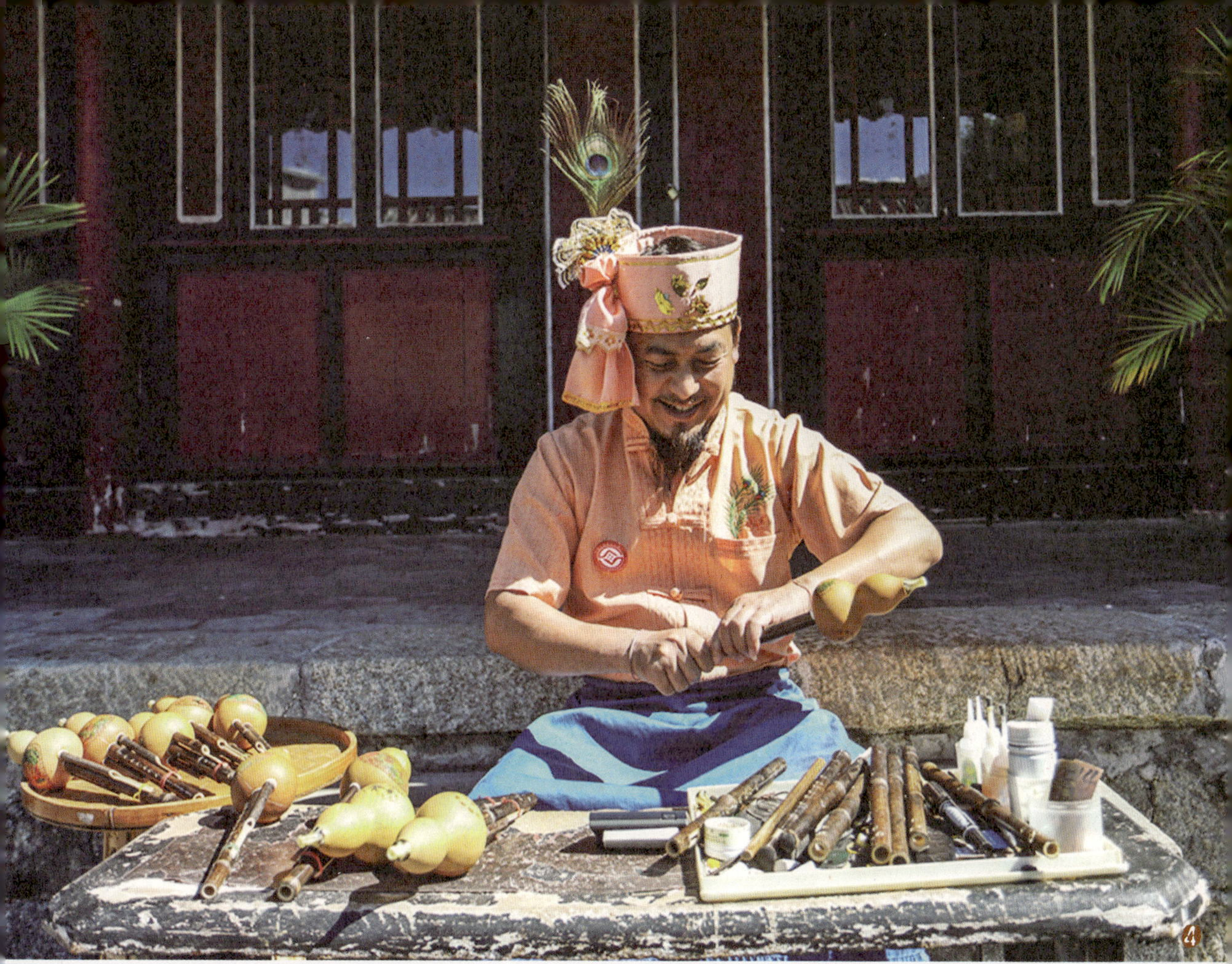
4

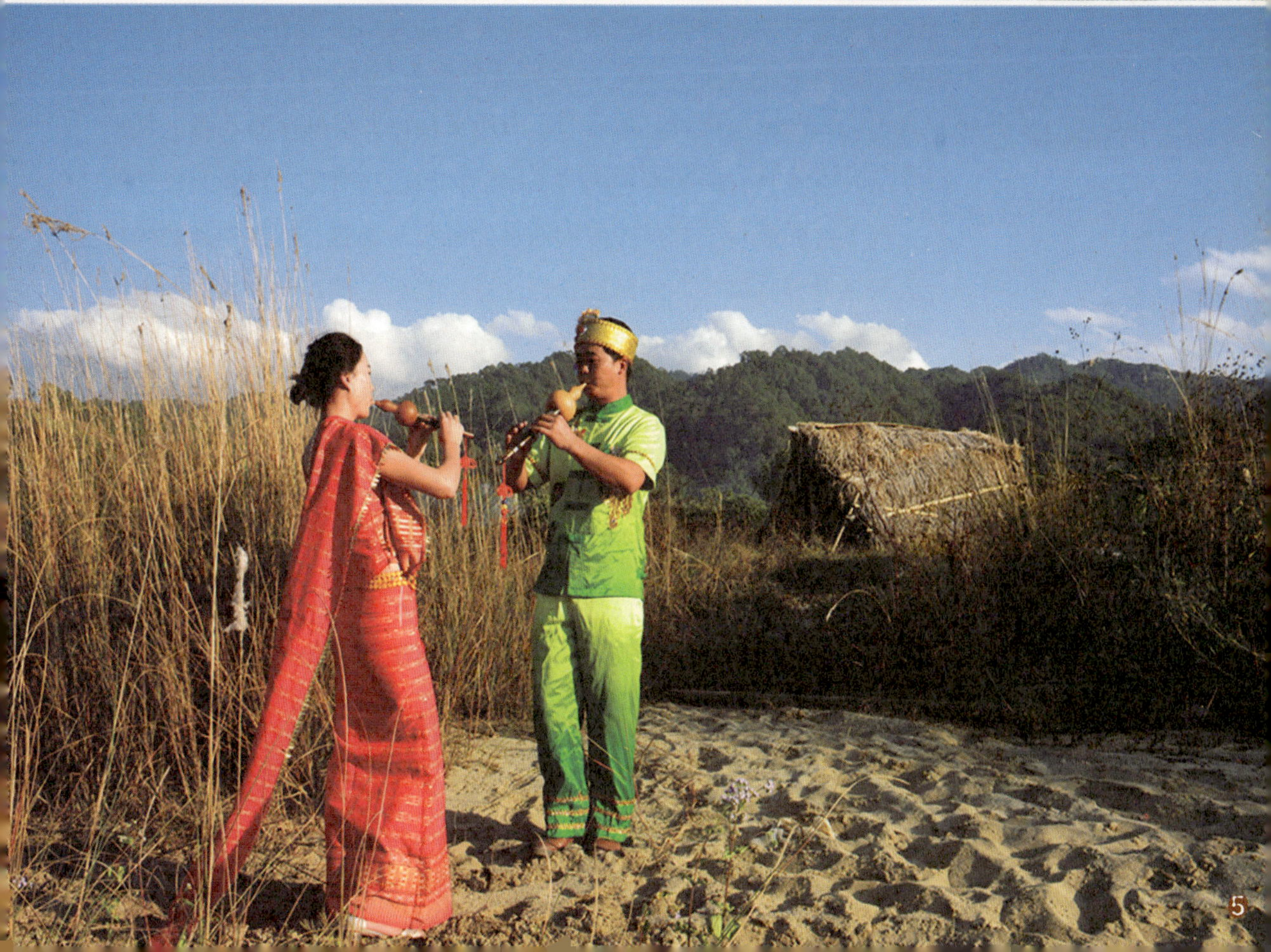
5

千人演奏葫芦丝

通过对簧片、吹管等方面的改进，一举攻克了葫芦丝音域窄、力度小、转调不便的难题，使葫芦丝乐器更加具备演出的专业性和实用性。同时他们还加强对葫芦丝教材的整改，糅合了傣族、阿昌族、景颇族、德昂族等多种民族元素，由中国民族管弦乐学会精心选编了150余首具有鲜明特色的"全国葫芦丝巴乌考级"经典之作，极大地丰富和完善了葫芦丝演奏曲目的种类与库存，使葫芦丝成为广大音乐爱好者最欢迎的民族乐器之一。之后，葫芦丝开始走向更广阔的舞台，多个国家向我国发出葫芦丝演奏邀请。我国也多次组团赴外国演出，所到之处，葫芦丝艺术都受到人们的热烈欢迎，掀起了一阵又一阵的葫芦丝学习热潮，葫芦丝巴乌专业委员会成员已覆盖包括港澳台在内的全国各地。

在何维青的感染下，中国广播艺术团国家一级演奏员、作曲家何源也致力于传承弘扬葫芦丝文化艺术，多次带队到梁河采风调研，不断推出新的葫芦丝佳作，推动梁河葫芦丝稳步迈向更广阔的空间。

展示——葫芦丝的发展现状

从乡间一隅自娱自乐的民间乐器到赴欧美发达国家巡回表演的主要乐器，从籍籍无名到蜚声中外，梁河葫芦丝犹如蛰居乡间的绝代美女，闪耀出惊人的美丽，其所到之处，旋即刮起一阵学习的热潮。短短几十年时间便从边陲小县传遍世界各地，拥有数不胜数的忠实拥趸，谱写了新时代民俗乐器发展的壮丽诗篇。

国际葫芦丝的发展现状

葫芦丝发祥于梁河已是不争的事实，但真正使葫芦丝走出国门，被世界人民所接受，还要追溯到20世纪80年代。1982年，时任德宏州歌舞团少数民族乐器手的"傣族青年葫芦丝演奏家"龚全国，因在全国民族乐器比赛中荣获葫芦丝、象脚鼓表演一等奖而名声大噪，从而获得了到日本演出的机会。1984年至1986年，龚全国两次赴日本演出，他演奏的葫芦丝独奏《竹林深处》《德宏美》等歌曲深受大众喜爱，大批拥趸追逐着他的步伐而对葫芦丝青睐有加，这种轻巧而便于携带的乐器一时间成为许多外国音乐爱好者的宠儿。葫芦丝开始走出国门，成为一些发达国家的"音乐贵宾"。20世纪90年代后期，梁河县旅居昆明的著名葫芦丝演奏家、葫芦丝制作家，后被云南音乐学院、攀枝花学院、武汉音乐学院聘为客座教授的哏德全开始在昆明创办葫芦丝工作室，教授学生逾千人，其中美

国、英国、日本、法国、意大利、韩国等外国留学生有 200 余人。这些留学生将葫芦丝带回自己的家乡，演奏给亲戚朋友听，使葫芦丝这种原本传承于德宏梁河一带的少数民族乐器迅速进入发达国家，走向国际舞台。2005 年，在美国文化部的邀请下，哏德全作为中国 19 个少数民族优秀乐器演奏家代表远赴美国演出，掀起了学习葫芦丝的国际浪潮。从此，葫芦丝漂洋过海，在世界各地传播。目前，在美国、日本及欧洲等国家和地区都有葫芦丝培训机构，学习葫芦丝人数保守估计有 20 万人。

值得一提的是，无论是葫芦丝制作家、演奏家哏德全，还是傣族青年葫芦丝演奏家龚全国，他们都是梁河人。在这个只有 1000 多平方千米的土地上，同一时期竟出现了两个世界级葫芦丝演奏家，无论从什么角度来看都是一件十分幸运而罕见的事情，这也是梁河被命名"葫芦丝之乡"的主要缘由。

国内葫芦丝的发展现状

新中国成立前，由于人员走动不便和信息传播困难，葫芦丝一直在德宏梁河一带作为地方民间乐器于小范围内传承。从全州走向全国，最早可追溯到 20 世纪 60 年代。1961 年，北京音乐家协会会员何维青一行到云南慰问演出，当他们离开德宏时，因为好奇和喜欢，何维青带走了一把葫芦丝。从此，葫芦丝就伴随着何维青走出德宏、走出云南，走向北京，成为北京演出队传播葫芦丝文化的象征。

1982年，龚全国在北京人民大会堂获得全国民族乐器比赛葫芦丝、象脚鼓表演一等奖，这种民族乐器便成为国人心中的"乐器女神"，人们纷纷对其研究和学习。20世纪90年代，随着葫芦丝知名演奏家、制作家哏德全在昆明开设葫芦丝传习中心，来自五湖四海的学员便将葫芦丝带到了全国各地，在国内掀起了学习葫芦丝的热潮。哏德全培训的许多学生都在全国和云南举办的葫芦丝大赛中荣获大奖。在此期间，哏德全与李春华老师合编了《葫芦丝巴乌有声教程》，为国内葫芦丝的快速传播奠定了坚实的基础。2012年，获得"中国·德宏第二届葫芦丝文化节暨全国葫芦丝大奖赛"一等奖的梁河籍葫芦丝后起之秀倪开宏大学毕业后，频繁出入于北京、上海、广州、武汉、重庆等各大城市宣传和教授葫芦丝，葫芦丝就在全国遍地开花。特别是2005年6月，经文化部和民政部批准成立"中国民族管弦乐学会葫芦丝巴乌专业委员会"后，葫芦丝在国内已成最常见的乐器之一，注册会员有120余万人。通过在校教授、网上培训等方式学习葫芦丝的爱好者有4000多万人，葫芦丝赫然成为中华民族乐器大家庭中一个重量级的成员。近年来，葫芦丝更以其独特的艺术魅力不断进入高校殿堂，成为众多高校学子的选修乐器。

梁河葫芦丝的发展现状

梁河葫芦丝的发展经历了两个阶段。第一阶段是自然传承与普及阶段。在这个阶段，葫芦丝在民间自然传承，靠个人兴

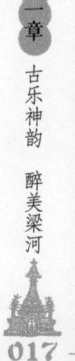

趣爱好自学成才，平时自娱自乐，偶尔在一些重要场合演奏助兴。演奏群体以傣族居多，傣族同胞用它传情达意，小卜冒们常常凭借优美动听的葫芦丝曲赢得小卜少（小姑娘）的芳心，因此在傣族有"不会吹奏葫芦丝就不能娶媳妇"的说法。百年前，梁河县大多数傣族寨子的青年都会吹奏葫芦丝，还出过许多制作葫芦丝的能工巧匠，如勐养镇的沙永兴、河西乡的杨德先等等。他们制作的葫芦丝音色纯正，音质优美，深受周边县市的欢迎。1956年，国家推行"百花齐放、百家争鸣"的文艺方针，少数民族乐器迎来了发展的春天，葫芦丝演奏大行其道。每当夜晚来临，勐养坝、萝卜坝两地的葫芦丝音乐此起彼伏，蔚为壮观，葫芦丝俨然成为小卜冒和小卜少谈情说爱的"月老"。尽管多数小卜冒不懂简谱，但靠着勤学苦练，依然把葫芦丝演奏得炉火纯青。

第二阶段是改良升华阶段。随着改革开放，梁河葫芦丝从深闺走向前台，从民间乐器升华为民族乐器。在这个阶段，人们开始尝试对葫芦丝进行改良。先后涌现出龚全国、哏德全等一大批葫芦丝艺术家。这些艺术家熟悉简谱，深谙葫芦丝演奏技巧，敢于对葫芦丝进行改良。通过哏德全等众人的努力，将葫芦丝音域从八个扩展到十一个，最后拓展到十三个，把葫芦丝制成高音、中音、低音等十二调标准乐器，使葫芦丝的外形更加美观，发音更加优美规范，演奏曲目更加宽泛。同时，这些音乐家还加强了葫芦丝曲目创作，先后创作了《竹林深处》《晚霞》《泼水节》《节日德昂山》《江之吟》《勐养江畔》《金秋月下》《赶摆》《傣寨》《傣风神韵》《侗乡之夜》《花筒裙》《大山回响》等数十首曲目，大大地丰富了葫芦丝演奏库。

为深入传承和弘扬葫芦丝文化，2007年以来，德宏州共举办了5届中国国际葫芦丝文化旅游节，国内外累计参赛人数3000余人次，葫芦丝影响力日益提升。同时，梁河县还坚持举办形式多样的葫芦丝培训班，不断扩大葫芦丝演奏群体。2016年还组织了1666人同时演奏葫芦丝，成为葫芦丝之乡的重要见证。不仅如此，

❶ 葫芦丝演奏
❷ 葫芦丝才艺比拼

梁河县还将葫芦丝演奏纳入中小学音乐课堂从小培养葫芦丝文化的传承人和接班人。然而，由于各种因素，梁河葫芦丝演奏群体依然不够强大。产业发展方面也还处于零敲碎打阶段，目前，全县共注册了"哏德全""哏氏""丝源""葫芦丝响起的地方""勐养江畔""南甸""南天丝竹"等7个葫芦丝品牌，有葫芦丝生产企业4家，培训机构3家，年产葫芦丝3万余把，产值不到1000万元，远远无法满足社会需求，与葫芦丝之乡的名气相去甚远，亟待加强和改进。

事实上，梁河县委、县政府也深刻认识到葫芦丝产业发展的必要性和重要性，已将其纳入"十四五"规划进行科学的统筹部署，并加大了对葫芦丝产业的招商引资和投入力度，加快整合优化葫芦丝产业的发展步伐，高屋建瓴，审时度势，以"不忘初心、牢记使命"的坚守和"我将无我，不负人民"的责任担当，赓续传承弘扬葫芦丝的伟大事业。

名家——古老乐器亘古情长

自古以来，梁河就人才辈出，从元朝时位列三宣之冠的南甸宣抚司到现在灿若繁星般遍布全州的众多领导干部和行业翘楚，从清朝道光年间的四举人到现今清华北大新常态，从云南第一人李根源到葫芦丝演奏家、作曲家、制作家哏德全，梁河人以其不懈的努力和超常的智慧，诠释了"一方水土养一方人"的不破真理，在葫芦丝演绎的道路上，赓续传承着不变的时代奇迹。

葫芦丝演奏家——龚全国

龚全国，男，傣族，1950年4月出生于云南省德宏州梁河县芒东镇那勐村大树寨。1972年进入梁河县文工队工作，1973年调入德宏州民族歌舞团。其人聪敏好学，工作之余，常常拿着葫芦丝向人请教，葫芦丝演奏技艺迅速提高。在1979年云南省原创节目调演中，他的葫芦丝独奏《竹林深处》惊艳了春城舞台，令在场观众赞叹不已。1982年，在全国民族乐器独奏比赛中，他荣获葫芦丝、象脚鼓表演一等奖。从此，他那美妙动听的葫芦丝音乐，飘出云岭高原，飘向全国，飘向世界。1983年，他被国家民委、文化部、广播电影电视部、中国音乐家协会命名为"傣族青年葫芦丝演奏家"。同时，参加全国少数民族艺术家演出团赴内蒙古、宁夏、青海、广东等地演出，所到之处，均受到热烈欢迎。龚全国于1984年到1986年两度赴日本访问演出，所演奏的曲目《竹林深处》《德宏美》被日本广播电台列为专题节目播放。

1987年，他到云南艺术学院深造。学习期间，他撰写的《浅谈葫芦丝的演奏艺术》论文受到好评。后来，他又相继改良成功傣族民间乐器金角琴（牛角琴）、象脚鼓琴、铓琴等。1991年4月，在赴泰国演出中，他演奏的金角琴、葫芦丝，还有景颇族民间乐器吐良等，皆受到泰国人民的欢迎。在同年中秋参加在香港举办的"中国少数民族艺术节"演出时，他一人独奏四种民族乐器，使香港观众耳目一新，得到高度评价。

龚全国是一位出类拔萃的音乐多面手，他不但能演奏，还能创作。他创作的作品有：葫芦丝独奏《竹林深处》《德宏美》《十二马》《晚霞》《进新房》《心里话》等，象脚鼓钢琴独奏《赶摆之夜》，金角钢琴独奏《泼水节》《石林曲》，吐良独奏《守苞谷》，竹筒钢琴独奏《童年》，锥琴独奏《小河边》等。2010年4月4日，著名的傣族葫芦丝演奏家龚全国，因脑出血抢救无效辞世，享年60岁。

葫芦丝演奏家、作曲家、制作家——哏德全

一个农民的儿子，带着葫芦丝，从勐养江边走来，从贫寒的家庭走来，从梁河糖厂水泵车间走来，跨入了葫芦丝艺术的殿堂。五十年短暂的艺术人生，却规范了葫芦丝工艺的制作，写出了葫芦丝教程，创作出许多葫芦丝经典传世作品，培养了众多遍布世界各地葫芦丝优秀演奏人才……这个人就是集葫芦丝演奏家、作曲家、制作家于一身的哏德全。

哏德全，男，傣族，1958年5月出生于云南省德宏州梁河县勐养江畔帮盖村的一个傣族小院。孩提时代，他就经常跟着舅舅学习吹葫芦丝。随着年龄的增长，他学习葫芦丝的劲头更足了。那时候，他的想法很简单，就是学好葫芦丝，娶到

傣族葫芦丝演奏家
龚全国

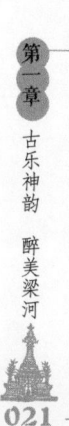

心仪的姑娘。于是，无论是上山砍柴，还是到江边放牛割草，他都随身携带着葫芦丝，一有空闲就练习。渐渐地，乡亲们都知道哏德全是个葫芦丝迷，大家都喜欢听他演奏葫芦丝。他免费演奏的葫芦丝，是乡亲们休闲时最快乐的享受。

1972年，哏德全考入勐养中学就读，只要周末或假期，他都会穿过田野，渡过勐养江，回到家里练习葫芦丝。在稻花飘香的田野里，在傣族小院的火塘边，常常看到哏德全和小伙伴们围在一起，聆听老人们讲了一遍又一遍的葫芦丝传说，一起动手制作或吹奏葫芦丝。乡亲们喜欢听哏德全的葫芦丝吹奏，他到哪家串门，哪家就会有乡亲齐聚，一起听他动人的葫芦丝吹奏。他吹奏的葫芦丝声音圆润，感染力强，常常让人听得忘记吃饭、忘记时间，许多时候夜已经深了，可乡亲们还是不肯散去。初中毕业时，哏德全的葫芦丝演奏水平已经远近闻名，深受全校师生和乡亲们的喜爱。

1976年1月，哏德全进入梁河糖厂当了一名工人，被安排到水泵房看守抽水设备。由于水泵房一个班次只需一人值班，面对高

哏德全在吹奏葫芦丝

速转动的水泵，哏德全用葫芦丝音乐与其对话，向空旷的原野抒发内心的情感。他不仅感觉不到工作的枯燥，相反，水泵房还成为他提升葫芦丝演奏水平的"试验室"。几年的糖厂生活，他的葫芦丝演奏水平有了大幅度提高。1980年至1982年，哏德全被梁河县文工队借用，经常参加各种文艺演出，他也因此有更多机会与专业文艺工作者进行交流。他领悟力强，专业素养提升得很快。1986年，哏德全又被云南省歌舞团借用，得到了作曲家刘晓根的指导，担任大型歌剧《葫芦信》的音乐主奏。1989年，经过多年的努力探索，哏德全出版发行了个人第一张葫芦丝专辑，也是中国第一张葫芦丝演奏专辑《中国音乐大系——葫芦丝与小闷笛》。1995年，哏德全辞去梁河糖厂工作，只身一人到昆明发展。

"理想很丰满，现实很骨感。"创业初期，哏德全租住在逼仄的小房子里，晚上制作葫芦丝，白天沿街叫卖。由于知之者甚少，一天也卖不了几支，他也因此经常受冻挨饿。当时，葫芦丝制作工艺落后，原材料供应困难，葫芦丝制作全靠手工，即使是簧片也要用铜块一锤一锤地砸出来，其状多难可想而知。但即便如此，哏德全还是凭着对葫芦丝艺术的执着追求坚持下来了。经过不懈的努力，他将葫芦丝搬上舞台，制成唱片推向市场，其独特的音乐魅力迅速受到人们喜爱。他发行的个人演奏专辑《傣风神韵》《多情的巴乌》《竹林深处》《发烧葫芦丝》《在那遥远的地方》等碟片，总销量有700余万张，30多个版本的音乐盒带成就了葫芦丝这一独特的"云南民乐特色"。哏德全先后被云南音乐学院、攀枝花学院、武汉音乐学院等大学聘为客座教授。

哏德全是一个非常执着于葫芦丝艺术的人。为了让大家更好地学习葫芦丝，他与李春华老师合作，编著了我国第一部葫芦丝巴乌教学专著《葫芦丝巴乌有声教程》，填补了我国葫芦丝巴乌规范化、系统化教学的空白。他创办了"哏德全葫芦丝艺术工作室",对葫芦丝音域进行了规范和拓展,将葫芦丝音域从传统的 8 音域(4、6、7、1、2、3、5、6)扩展到 11 个音域(3、4、5、6、7、1、2、3、4、5、6),后又从 11 个音域扩展到 13 个音域(3、4、5、6、7、1、2、3、4、5、6、7、1),将葫芦丝音域按高音类、中音类、低音类等十二调标准音调进行规范,使之更符合国际十二调平均律原理,使改良后的葫芦丝发音更标准,演奏起来更规范。除了致力于宣传和改进制作技巧外,哏德全还在葫芦丝演奏技法上深挖细掘,不断改进各种演奏技巧,在"打音""滑音""颤音""叠音""揉指""虚指颤音""腹颤音""循环换气法"等演奏技巧上进行探索和总结,将葫芦丝的"柔""美"与"水一样的傣族性格"糅合在一起,其细腻的演奏技法被称为"哏派"。

居昆期间,哏德全亲自教授学生。自 1989 年以来,他教授的学生逾 2000 人,其中美国、英国、日本、韩国、意大利、法国等外国留学生就有 200 余人。他所教的学生有 30 多人在全国各地少数民族乐器比赛中斩获大奖,其中获金奖的占 1/3 以上。2005 年 10 月,受美国文化部邀请,哏德全同中国其他 19 位民间艺人赴美进行文化交流。他演奏的葫芦丝深受美国人民的喜爱,在欧美发达国家掀起了学习葫芦丝的热潮。

为深入挖掘葫芦丝文化精髓,哏德全结合梁河傣族音乐特色,整理和创作了《勐养江畔》《古歌》《赶摆》《金秋月下》《边寨抒怀》《茶山姑娘》《景颇情歌》《傣风神韵》《牧归》《思念》《夜悄悄》等葫芦丝演奏曲目,以无可比拟的艺术魅力,不断将葫芦丝音乐传向远方。

2002 年 10 月,带着回报家乡、感恩家乡的美好愿望,哏德全回到梁河,分别在"傣族故宫"南甸宣抚司署和他的出生地勐养镇举办了"梁河情·故乡行"葫芦丝专场音乐会,向全县父老乡亲奉献了一场葫芦丝演奏盛宴,他饱含深情的演奏,深深地感染着观众,许多人听着他的演奏不禁潸然泪下,他的"梁河情·故乡行"也成为葫芦丝专场演出的不朽之作。

2007年6月，在美国史密森民俗艺术节上，哏德全的葫芦丝在美国肯尼迪艺术中心奏响，让美国人民充分感受到了葫芦丝伟大的艺术魅力，使越来越多的美国人民喜欢上了葫芦丝。同年10月，在"中国·德宏首届国际葫芦丝文化节"上，哏德全带领千人成功演奏《有一个美丽的地方》，将葫芦丝演奏提升到了一个新高度，创造了葫芦丝新的辉煌。

2008年9月17日，著名葫芦丝演奏家、作曲家、制作家哏德全因病在昆明与世长辞，享年50岁。

葫芦丝后起之秀——倪开宏

2010年4月12日下午，梁河礼堂里座无虚席，动人的葫芦丝音乐在礼堂上空飘荡着，礼堂里，不时地传来阵阵热烈的掌声和喝彩声。时近正午，一个身材清秀、穿着傣族服饰的青年男子缓缓地走上舞台，伴随着动人的音乐，演奏葫芦丝名曲《古歌》。他采取循环换气法，从头到尾发出"呅"的底音，灵动的手指紧贴葫芦丝音孔上下翻飞，忽而如高山流水，一日千里；忽而如静水流深，渐无声息；忽而如疾风骤雨，忽而似春阳暖身，忽而似少女幽叹，忽而如骏马嘶鸣，曲调如同过山车一般……或高亢或低沉或悠远或激昂，一曲终了，人们还沉浸其中，等到反应过来，便报以经久不息的热烈掌声。最终，青年毫无争议地摘得"中国·德宏第二届葫芦丝文化节暨全国葫芦丝大奖赛"桂冠，斩获10万元奖金。这个获得大奖的青年就是当时正在读本科二年级的葫芦丝后起之秀倪开宏。

倪开宏，男，傣族，1988年3月出生于云南省德宏州梁河县勐养镇芒蚌村江心社。2012年毕业于云南艺术学院葫芦

青年葫芦丝演奏家倪开宏

丝演奏与钢琴调律专业，现在梁河县文化和旅游局工作，是中国民族管弦乐学会葫芦丝巴乌专业委员会理事、云南艺术学院社会艺术水平考级考官、德宏州文化名家、德宏州首席技师、葫芦丝非遗代表性传承人。倪开宏从小热爱葫芦丝，小学一年级时，就在强烈的好奇心驱使下自我摸索。等到年龄稍大一些，便开始跟着村里的专业人士学习相关乐理知识，即使是在初中学习时间比较紧张的情况下，他也从未放松过对葫芦丝的学习。辛苦的付出最终迎来了幸福的收获，从初中开始到大学毕业，倪开宏先后获得三项全国葫芦丝大奖赛一等奖、两项省部级金奖。多次受邀到北京人民大会堂及上海、武汉、重庆、广州、苏州、昆明等地进行演出，被文化和旅游部邀请出访法国、瑞士、西班牙等国，是梁河县知名的葫芦丝后起之秀。2018年，云南省《民族音乐》以"优秀青年葫芦丝演奏家倪开宏"为题向全国进行了专题介绍。

倪开宏是科班出身，作为音乐人，他深知没有自己的作品就不是一个优秀的音乐人。为此，他决心创作一些葫芦丝音乐作品，出版自己的葫芦丝音乐专辑。这样，才能和广大同人一道扛起"中国葫芦丝之乡"的大旗。从2015年开始，倪开宏便开始创作葫芦丝音乐作品。每当夜深人静时，他的思绪便一次又一次飞到熟悉的勐养江畔，在竹影婆娑的傣族村寨与小朋友嬉戏，在充满欢声笑语的大青树下追逐随风舞动的花筒裙，聆听傣族远古传来的歌声。一个又一个夜晚，他冥思苦想，反复推敲，为捕捉倏忽而至的灵感而兴奋，为心有所思又无从下笔而彷徨苦闷。在经过无数个夜晚的推敲与打磨之后，他创作了《花筒裙》《大山回响》《目瑙纵歌·热》等几首葫芦丝音乐作品。这些作品一经推出，便受到了人们的欢迎。在多数被录制成CD、VCD、DVD发行的情况下，有的还被选入葫芦丝教程，有的被省艺术院校纳入考级曲目，使梁河的葫芦丝创作达到了一个新高度。

为扩大宣传影响力，他又出版发行了《葫芦丝响起的地方》《梁河家乡》《经典歌曲葫芦丝演奏专辑》《葫芦音诗》《遮帕麻和

遮咪麻》等专辑，真正成了扛起"葫芦丝之乡"大旗的后起之秀。

"长风破浪会有时，直挂云帆济沧海。"如今，刚过而立之年的倪开宏早已褪去了少年的青涩，正迈着成熟而稳重的步伐笃定前行。我们深信，在未来的葫芦丝发展道路上，倪开宏必将以他无可比拟的演奏技艺和日益精进的创作技巧，不断书写出更加辉煌的时代篇章。

葫芦丝加入乐团演奏

第二章
梁河回龙 滇西佳茗

"天下美女出苏杭,回龙一壶透奇香。"自古以来,回龙茶便以其清香扑鼻、生津止渴、回味甘洌、经久耐泡等特点而深受当地人欢迎。随着时代的发展和现代化信息的不断传播,其知名度和影响力显著提升,已经成为蜚声中外的云南省十大名茶之一,产品远销亚、欧、非三大洲的40多个国家和地区,成为许多茶饮爱好者的挚爱。有人作诗云:"人生易老我不老,回龙常饮自逍遥。举杯谈问前时路,冰雪当道暖回悄。"回龙茶之魅力,可见一斑。

"回龙茶"的传说

若要品回龙，必先听传说。回龙茶的传说，已经成为一个动人的神话。伴随着回龙茶的远销而闻名遐迩，回龙茶也增添了许多有趣的话题，为其发展壮大注入了新活力。久远的动人传说，演绎时代的欢歌。

梁河种茶历史悠久。据史料记载，梁河种茶历史已有1300多年。有关茶叶的传说也很多，其中回龙茶的传说就是动人的一例。

传说很久以前，芒鼓山一带清明节前后家家户户采茶、制茶，茶香飘到天庭，引得太上老君和南极仙翁循茶云游。两位仙翁到达芒鼓山后，便坐在一块大石头上，一边下棋，一边品茶。这时，正好附近村子的一个小伙子经过，便驻足观看，老君问："这大山上到处都是茶，哪一片茶最好喝？"小伙答道："我们芒鼓山上的茶都好喝，但要说到最好喝的茶，恐怕要数回龙寨的。"老君听了点点头，并接着问："这么好喝的茶，你知道叫什么名字吗？"小伙子摸摸头，一时竟答不上来。老君便道："回龙寨呀回龙寨，回龙寨茶人人爱，不如取名'回龙茶'，吉祥好

听又腾达！"小伙一听，暗暗叫好，正兀自揣摩，抬头一看，两位老者已不见踪影，只听天空中传来几声爽朗的笑声："回龙茶，回龙茶，今年赐名明年品，待到天庭也见它！"

　　回家后，小伙子便将所见所闻告诉家人和乡亲。这一消息很快就传遍了芒鼓山一带，回龙茶便成了人们的挚爱，男女老少都喝它。更有不少善男信女常到二位神仙下棋的地方，想一睹仙翁的真容。然而，仙人一去不复返，独留山头空悠悠。后来，人们把仙人下棋的山头称为"仙人堉"，把仙人坐过的石头称为"棋盘石"。仙人所赐的"回龙茶"名也日日传颂，越传越盛，经久不衰，已成为梁河对外宣传的一张名片。

一片绿叶的秘密

> 人性迥然各异,秘密自是不同。一片小小的绿叶,回龙茶的秘密尽皆隐藏其中,它柔而不弱,嫩而不稚,宠而不骄,以其清冽、回甘、馨香而备受拥趸的追捧。无论是在古代还是在现代,无论是达官贵人还是贩夫走卒,都将其当成生活的必需品,并赋予它身份地位的象征,在沧桑的历史岁月中不断演绎时代欢歌。

梁河多茶园,质地数回龙。在梁河东北方向,海拔1500米至2000米的山上,有一个闻名遐迩的茶乡——大厂回龙茶乡。那里的村村寨寨、山山梁梁,尽皆是茶。境内古老的茶树,悠久的种茶制茶史,让人们对这一片绿水青山充满了好奇。走进茶乡便如同走进绿色的氧吧:莽莽山林、潺潺流水、声声鸟鸣……所到之处,真是层林尽染,茶香四溢,令人赏心悦目。

品茗阅史　轻嗅茶香

如果想饱览茶乡,品尝回龙茶的韵味,不妨以"赏万亩茶园之美景,睹古茶树之真颜,看采茶、制茶过程,品回龙茶醇香,观回龙茶博物馆"为行程计划,在临行前做做功课——泡一杯回龙茶,在茶叶的上下沉浮和茶香的飘送中边闻香品茗,边看书读史,查一查、阅一阅有关梁河茶叶的文字记载,对梁河茶乡有个大概的了解。

据景泰《云南图经志书》、《白夷校注》、乾隆《东华录》、《永昌府志》、《南甸司谱》和《梁河县志》等史书记载：梁河境内世居民族历史悠久，早在新石器时代，就有白越（傣族先民）、百濮（佤族、德昂族先民）的部落群体居住在这里，元代境内为百夷（傣族）、金齿（德昂族）、峨昌（阿昌族）等所居，明代开始有汉族、景颇族、傈僳族迁入。梁河县作为"南方丝绸之路"上的重要一站，地理位置独特，境内自然资源、生态环境优异，为茶叶的种植、制作、远销创造了较好的条件，因此梁河的茶史基本上与本地区的人类发展史同步。根据有关部门和专家数次组织开展的茶树资源调查考证结果显示，在梁河县境内的山区、半山区（回龙茶区），至今依然有10000多株树龄几百年上千年的茶树分布在不同区域。其中，有相当一部分茶树属于佤族先民所栽，大厂乡赵老地荷花村就有一株树围4.11米、树龄上千年的人工栽培大叶茶。

有关各世居民族的茶史文化也比较多，如：百濮后裔佤族和德昂族男女皆好茶，是"古老茶农"之一。在德昂族古歌《达古达楞格莱标》中，也翔实记载和反映了德昂族古代社会的生产生活及其"古老茶农"之称的渊源，同时记述了在德昂族婚礼中"槟榔、烟、茶"必不可少。据明代景泰《云南图经志书》中的"南甸宣抚司"部分记载："南甸百夷，俗与木帮同，其结亲用谷茶二长筒，鸡卵五七笼为聘。""客至，则以谷茶供奉，手抠食之。"另外，还有阿昌族《遮帕麻和遮咪麻》中茶翁茶婆的传说，德昂族的"雷响茶"、布朗族的"腌菜茶"、傣族的"竹筒茶"传说等等。

由此可见，梁河县源远流长的人文历史中，茶叶是各族人民婚丧、贺房、祭祀、节日庆典或串亲访友等必不可少的礼品之一。茶叶作为官、民生活中必不可少的饮品应运而生。

一盏茶毕，再续茶；几盏茶毕，齿留香。合上书，让人不禁感慨，一片小小的绿叶，也能穿越千年，把千年的故事浓缩进烘干的身体里，遇水舒展，在高低起伏中，把故事娓娓道来。

茶园环抱，恍若仙境般的石岩脚小寨

石岩脚是梁河县小厂乡的一个阿昌族村寨，因寨子后面有一处几丈高的石崖而得名。村寨所在的山头常年雾气缭绕，清风轻拂，让人倍感舒爽。这里山清水秀、民风淳朴，静谧如世外桃源，吸引着许多爱茶人前往。

石岩脚寨子顺山势坐东朝西，"人"字形的巷道把寨子分成两部分，左右各有几户一正两厢、青砖白瓦的人家。靠近路边的房屋墙壁上画着反映阿昌族生活习俗的画，让人感受到一种民族文化的厚重感。寨前的小山坳被勤劳的阿昌族村民种上了茶树，在茶树中又间植了樱桃树、桃子树、梨树、柿子树、梅树、李树等果树。近几年，茶园里又修筑了栈道和观赏亭，取名"石岩脚茶园栈道"。

步入栈道，茶园便在脚下一级级低矮下去，山风送着白雾一阵阵飘来，栈道两边的茶枝擎着青翠欲滴的茶叶，向春天鞠躬，向访客献舞……停下脚步，不由得按下镜头，把这醉人的翠绿收藏在形影不离的手机中，随时分享；深吸一口气，一种沁人心脾的感觉升

腾起来，飘飘然似仙，仿佛每一个造访者，都是远方云雾送来的一滴滴水珠，雀跃在茶尖上，随风轻舞；又在彼此的眼里，映衬出迷人的微笑，在欢声笑语里，成了远离藩篱的精灵。

行至茶园下端的观赏亭，回望，云雾中的石岩脚寨子静静矗立在茶园的上方，薄雾轻纱，炊烟袅袅，不似在村寨下辟种了茶园，倒似在立体的茶园里长出了村寨。那房屋如花蕊，开在花心里，茶园与寨子相伴相依，和谐如斯。茶园听得见寨子里的每一声鸡鸣狗吠，寨子靠着茶园在夜里沉沉睡去，黎明又枕着茶香醒来，此情此景，仿若世外桃源……而这样与茶园相依相伴的村寨，在梁河并非唯一。

走累了，你可以进村稍作停留，走访当地的阿昌族同胞。这里的村民十分好客。他们会用火塘上烧开的水沏热气腾腾的回龙茶，让你解渴消疲；会慷慨地拿出家中的蜂蜜、核桃、水果等待客，让你感受什么叫真正的宾至如归。而这里所产的回龙茶，一定会让你喝了还想再喝，去了还想着再回来。

逆风执炬　禁烟种茶

世事无常，梁河茶叶的发展也并非一帆风顺。

新中国成立前，回龙茶基本上仅供本地"土豪劣绅"享用。那时候，在梁河这片山高坡陡、川长坝窄、多民族聚集的土地上，能耕种的土地并不多。

1941年，大厂街农民孙朝钦到腾冲参加李根源举办的种茶培训，并带回一箩筐大叶种茶籽，开始在大厂乡进行种植，初次试种仅有两亩。而这两亩茶叶，就像星星之火一般，在大厂乡迅速蔓延开来，呈燎原之势。1945年，时任国民党大厂设治局局长封维德根据孙朝钦的茶叶长势，得出大厂乡适宜茶叶种植的信论，遂开始大力推行禁烟种茶。他用马帮先后从腾冲驮来十八驮良种茶籽，培育种苗，分配到全县各地种植，并自编教材，传授技术，培训学员。次年8月，发布了《梁河设治局禁鸦种茶告民众书》，并编撰《种茶浅说》500本发给各地保甲长，亲自在大厂回龙寨种植8亩试验茶，建立了梁河县第一个连片大叶种茶母本茶园，从此揭开了梁河县"禁烟种茶"的历史篇章。

逆风执炬，是需要勇气的。以李根源、封维德为代表的那一代人，站在时代前端，像黑夜里划过的一道光，引领着广大民众前行。1946年3月，大厂各界人士为纪念孙中山先生逝世二十一周年，掀起禁烟种茶热潮，那些盛放的罂粟花，逐渐被郁郁葱葱的茶苗替代。1950年，当五星红旗在大厂街上空高高飘扬时，梁河县彻底结束了种植罂粟的历史。在党和政府的领导下，百姓开始脱离苦海，梁河回龙茶迈入了新纪元，迅速成为广大山区、半山区人民群众的重要收入来源。

茶海绿波在山岭荡开

梁河县的农户多分布于海拔1500米至2000米的山区、半山区，山高路远，坡陡弯多，交通不畅，发展滞后。但是这些地区气候宜人，植被丰富，土壤肥沃，雨量充沛，无污染、多云雾、少日照，是茶叶生长的理想之地。

推行禁烟种茶成功后，山区、半山区逐渐成为梁河县茶叶主产区，茶叶收入成了许多农户家里的主要经济来源，成为养家糊口、求学看病、脱贫致富的新盼头。在梁河县茶叶主产区的42个村委会4500多农户中，许多人一年四季大部分时间都在茶园里劳作，剪枝、施肥、修整茶园、采茶，忙得不亦乐乎。明前茶、春茶、夏茶、秋茶，那一片片一园园的茶叶，像美丽的音乐五线谱，被勤劳的村民们弹奏出美妙和谐的音律。茶农按照环保、生态、安全的标准管理茶园，加上古老传统的加工技艺，使回龙茶形成独特的品质，越闻越香，越喝越甜。

赏游回龙寨的万亩茶园时，你会在一处风景极佳的山头看到茶树拥

一叶回龙绿
一业乡村兴

❶ 大厂回龙茶山
❷ 正在采茶的阿昌族女同胞

簇中坐落的茶圣陆羽的雕像。

"春来欲作独醒人,自汲寒泉煮茗新。"据载,陆羽一生嗜茶,精于茶道,所著《茶经》为世界第一部茶叶专著,对中国茶业和世界茶业发展做出了卓越贡献,被誉为"茶仙",尊为"茶圣",祀为"茶神"。陆羽的《茶经》读起来毫无晦涩之感,富有诗的灵性和情趣。陆羽的茶道和茶禅思想也非一般人能及,他曾悟茶有九难:一曰造,二曰别,三曰器,四曰火,五曰水,六曰炙,七曰末,八曰煮,九曰饮。故此,能喝到的每一口清茶,都曾经过重重工序和选材才能造成,十分不易,每个人都应该心怀感恩。

第二章 梁河回龙 滇西佳茗

独特的韵味正广结茶缘

回龙茶独特、优异的内在品质让人迷恋,深得广大消费者的青睐和高度赞誉,成为云南省著名的十大名优绿茶之一。2022年,梁河县已被列为云南省优势农产品茶叶基地县、优质茶叶原料基地县、优质茶叶苗木基地县、茶叶生产重点县,产品驰名省内外。

梁河的"回龙茶"因它盛产于梁河县大厂乡回龙寨而得名,虽其创始的具体年代无法考证,但不可否认的是,它是梁河各民族历代先民及其爱茶者勤劳和智慧的结晶,一部梁河"回龙茶"史,就是梁河茶史的缩影。

那么,回龙茶到底有什么独特之处呢?

回龙茶,是精选梁河县大厂乡一带海拔1300米到2000米的优异自然资源环境下生长的云南大叶良种茶鲜叶为原料,用梁河传统的"连续反复烘炒"工艺加工而成的红茶或绿茶,具有芽叶肥壮、条索紧结、自然弯曲、耐冲泡等特点,因其醇而不浓、甘而不涩、清香爽口、回味甘甜、韵味悠长的独特品质而深受消费者欢迎。用回龙茶生产的"烘笼茶""回龙春雪""回龙春曲""回龙春茗""回龙龙骨香""回龙珠茶""回龙谷花茶""回思"等系列产品,在国内连续斩获殊荣:2005年,"回思"牌连续三年荣获云南省著名商标;"回龙春雪"和"回龙春曲"分别荣获第六届"云南普洱茶国际博览交易会"绿茶类铜奖和优秀奖;2015年,"回龙春雪"获"泛亚博览会"金奖;用回龙茶制成的"牛屎坨"红茶被称为"金不换",2004年拍出1千克8万元的天价。由于回龙茶优异的品质,2013年获得农业部(现农业农村部)颁发的"农产品地理标志",2017年获"中国著名品牌"。20世纪70年代,回龙茶共获得国际、国内奖项50多个。

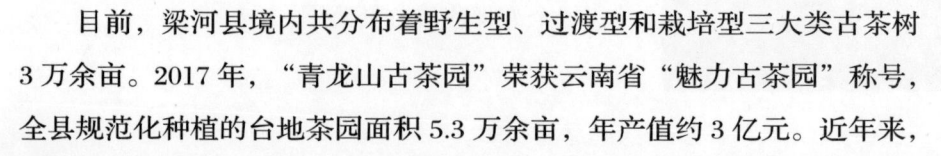

目前,梁河县境内共分布着野生型、过渡型和栽培型三大类古茶树3万余亩。2017年,"青龙山古茶园"荣获云南省"魅力古茶园"称号,全县规范化种植的台地茶园面积5.3万余亩,年产值约3亿元。近年来,

梁河县通过举办开采仪式、省内外展销会、产品年货大街以及名优茶叶评比等各种宣传销售活动，使回龙茶声名远播。同时，梁河县还积极邀请中央电视台《每日农经》栏目组、省州电视台等媒体拍摄《不走寻常路，一片绿叶的秘密》《梁河回龙 天下共品》《梁河回龙茶园风光》等电视纪录片进行广泛宣传，撰写了《梁河回龙茶》《德宏茶源》等回龙茶相关书籍，使回龙茶越来越深入人心。通过工艺创新，回龙茶取得了"三品三标"认证，回龙茶的信誉度不断提升，回龙茶的"名、特、优、新"得到了更广泛的认可。

梁河回龙茶采用传统的"连续反复烘炒"工艺，最大限度地保留了茶叶的营养成分，使其口感醇厚、回味甘甜，成为广大茶叶爱好者的挚爱。根据权威机构的化验显示：回龙绿茶样品水浸出物47.5%。其中，茶多酚41%、氨基酸3.8%、咖啡因2.7%。2016年12月，经中国品牌建设促进会评估认定，"回龙茶"品牌价值为5.75亿元。在取得农业部《农产品地理标志保护登记认证》、云南省质量技术监督局《地方标准》和国家知识产权局商标局《地理标志证明商标注册认证》"三标认证"后，其产品销往全国10余个省市，部分产品已远销中国港澳台等地及俄罗斯、蒙古及东南亚、欧美等国家和地区，成为梁河县广大山区群众发家致富的重要产业。

空山烟雨过，岁月指缝流。一片绿叶很轻，也很重。"梁河回龙茶"已不仅仅是一张名片，更是广大人民群众通往富裕幸福的康庄大道……

采茶姑娘

梁河回龙茶的奠基者——封维德

封德维,一个在岁月长河中籍籍无名的人,却在民国时期以超常的胆识和智慧,凭非凡的毅力,在梁河回龙茶的发展史上书写了浓墨重彩的一笔,开启了梁河回龙茶一段传奇的历史。

封维德(1900—1958),字少藩,出生于腾冲县(现腾冲市)龙江窜龙村(今腾冲市芒棒镇窜龙村)一官绅家庭。中学毕业后,赴昆明民政厅区长训练所受训。他先后任腾冲县龙江团练保乡团首、第二区区长、腾保公路民工办事处主任、第11集团军预备二师司令部参议,还主管过腾冲县乡镇训练所的训导事务。1942年,腾冲、龙陵沦陷,封维德被任命为梁河设治局局长。民国初期,龙江地区鸦片成灾,封维德眼见着自己的哥哥因吸食鸦片而道德沦丧,由此下定要铲除鸦片的决心。他担任梁河设治局局长后,于1939年带人参观了宜良茶场,专程拜会了李根源,向李根源详细介绍了腾冲茶叶发展现状及美好愿景。李根源遂引荐封维德与中茶公司总经理寿毅成、富滇银行董事长缪云台、云南省建设厅厅长张西林认识,为封维德参加云南省茶叶技术培训提供了更多的机会。

1940年9月下旬,应封维德请求,李根源邀请国民政府经济部茶业公司技术员陆涑来腾冲教授茶叶的种植与管理,封维德担任茶叶种植讲师,他编写了《种茶浅说》一书,全书共六章二十三节,一万七千多字。书中条理清晰地讲述了自然环境与茶叶的关

系，以及茶叶的生长、管理、采摘、制作等技术。该书文字简约，条理清晰，略通文字的人都能看明白，是一本写给老百姓看的书。

  1945 年，在李根源的支持下，封维德开始在大厂推行茶叶种植。他先后从家乡腾冲县甯龙村用马帮驮来 18 驮良种茶籽，培育成苗，再分配到全县各地种植。他自编教材，举办茶叶种植培训，他在大厂回龙寨购买 8 亩坡地作茶叶种植示范基地，创建了梁河县第一块规范化茶园，也是德宏州境内最早的丛栽密植茶园及全州茶业发展的起始母本茶园。封维德书写了梁河"禁烟种茶"的历史新篇，开创了梁河县茶叶发展的新纪元。

魏建国的"金花普洱"梦

世上无难事,只要肯登攀。这句听起来简简单单的话,真要变成现实却并非易事。它需要付出百倍的努力并伴着不计其数的失败,方有可能获得成功,有时甚至根本无法获得成功。魏建国利用他丰厚的专业知识和对"金花普洱"的执着追求,经过5年多持之以恒的努力奋斗,终将"金花普洱"从梦想变成了现实,实现了回龙茶质的飞跃,展示了梁河回龙茶一代制茶大师勇于进取的精神风貌,发挥了茶艺人生的最大价值。

闻名省内外、被国家知识产权局授予专利的"普洱金花紧压茶及制作法"是梁河资深制茶师魏建国凭着敢第一个吃螃蟹的勇气,和一股闯劲及锲而不舍的精神,历经人们难以想象的千辛万苦,用心血和汗水换来的傲人成绩。

"普洱金花紧压茶"简称"金花普洱",是利用云南大叶种茶、中缅边境野放茶为原料,适当配比并经独特工艺制成的新一代普洱茶产品。在其后发酵阶段,茶砖中会自然生成大量点状分布的金黄色颗粒,具有特殊清香,俗称"金花"。实际上它是一种对人体有百益而无一害的真菌,学名叫冠突散囊菌,在地球上发现及命名尚不到30年。该菌通过代谢会产生一系列对人体有利的功能性化学物质,其功效相当于千年灵芝孢子粉,能有效提升人体免疫力、防癌,对降低高血压、高血脂、高血糖作用明显,对茶汤的色、香、味均有很大提高。含"金花"闻名于世的湖南茯砖茶、千两茶及广西六堡茶,均以"金花"多少来确定茶的价位,含花越多越值钱,被称作"黄金之花""贵族之霉"。历来含"金花"的茶,一直是湖南黑茶、茯砖茶及广西六堡茶的专属领地,而以云南大叶茶种为原料制成的普洱茶只偶尔会在陈茶中发现"金花"。曾有人尝试突破而未果，专家们都将人为控制普洱茶中生成"金花"视作不易攻克的难题。然而面对专家都棘手的难题，从事茶叶加工、研究、鉴赏30多年，曾任梁河县红茶厂厂长、县外贸局局长的魏建国没有退缩，敢于挑战难题。他自2002年开始就下定了在普洱茶中提取"金花"的决心，四处拜师学艺，孜孜不倦，汇聚多方信息，蓄势待发。2007年，魏建国在梁河县一制茶厂着手研究如何让普洱茶也能绽放"金花"。在漫长的5年多时间里，他历经一次又一次的失败挫折，反反复复总结经验，2011年，"普洱金花紧压茶及制作法"终于试制成功，并按检测流程得到全国最权威的湖南农业大学茶叶重点实验室检测鉴定，取得了国家知识产权局授予的专利证书，为普洱茶这朵艳丽的"金花"奇葩开得更加艳丽提供了强有力的法律保障。魏建国探索出的这一能让"金花"盛开在普洱茶上的新工艺流程，助推了梁河茶产业的发展。

在钻研茶叶新产品的同时，魏建国把学到的茶叶知识和经验传授给了县内外茶叶企业，帮助企业获得了更大进步，推出了多个知名产品。在他的指导下，有的企业由原来的送货上门难销售到现在订单不断，甚至出现了库存不够卖的情况，进一步提升了品牌的知名度和美誉度，有的企业在推出精品后还拿到了各类大奖。梁河县贵龙茶厂生产的"回龙红"荣获云南省第十届茶博会金奖，回龙普洱茶"大金砖"荣获银奖；梁河兆宗茶厂生产的"二道茶"荣获2014年"中国·广州国际茶博会"金奖；梁河县圆合茶厂生产的"南甸司署普洱茶"熟饼，荣获2016年"广州国际茶博会"金奖，"云南七子饼"生茶获银奖。

魏建国通过不断探索努力，在茶叶行业得到了大家的认可，实现了社会效益和经济效益的有机统一，2017年被滇西普洱茶学院特聘为客座教授。

香茗烹出回龙宴

俗话说： 民以食为天。梁河作为中原文化与边疆民族文化交融的节点，对餐饮美食的研究源远流长，并不断推陈出新，成为远近闻名的美食之乡。为延续这一优良传统，大厂乡人民依托"回龙茶"这块金字招牌，采用当地绿色生态无污染的食材，经过不断的研究和反复制作，推出了一系列色香味俱佳的"回龙宴"，让传统的茶饮演变成令人耳目一新的筵席，增添了回龙茶的趣味和妙用。

自从回龙茶声名远扬后，聪明的大厂人便依托回龙茶特有的地位和属性，在产品上不断推陈出新，其中以回龙茶为重要附加原料的"回龙宴"便是其知名的衍生品，它把回味无穷的回龙香茗和绿色生态的菜肴搭配在一起，形成独具特色的茶料理，将茶叶的清香融入美食之中，制成香飘四溢的"回龙宴"。回龙宴取材广泛，配制不拘一格，随时代的进步而不断变换，目前制作比较成熟的有以下8道菜肴。

"茶山朝凤"是利用大厂有名的回龙茶与茶园中放养的生态土鸡一起熏蒸而成，味美色香，口感鲜嫩，健康生态。

"龙游茶海"是利用大厂回龙茶、梁河谷花鱼为主料，配以酸菜制作而成，茶的馨香与鱼的鲜美充分融合，鲜嫩清香，爽口回味，让人唇齿生津，余味悠长。

"茶香龙骨"是用回龙茶水浸煮后的大厂生态小黑猪排骨制作而成，浸煮后的排骨具有回龙茶的清香，又有生态小黑猪的鲜嫩，高温油炸后香味四溢，口感俱佳，回味无穷。

"回龙茶珠"是用鹌鹑蛋、回龙茶及其他调料煮制而成，蛋黄

梁河回龙宴

松软，蛋白嫩滑，浓香扑鼻，十分美味。

"茶珠元宝"是以肉末辅以回龙茶鲜茶叶末制作肉圆，鲜嫩清香，健康生态。

"回龙茶酥"是以回龙茶一芽一叶、土鸡蛋配以豌豆粉高温油炸而成，入口清香酥脆，回味甘甜，形似游鱼。

"雪地春色"是以手工磨制的嫩豆腐，加上肉末、酱料、梁河黑木耳、泡开的新鲜回龙茶水小火慢炖而成，豆腐鲜嫩，味美色香，入口即化，令人难忘。

"回龙金砖"是以大厂乡特有的生态小黑猪加上优质生态回龙茶鲜叶，佐以白糖、酱油等辅料，微火持续熏蒸，皮薄肉嫩、色泽红亮、茶香味醇汁浓，肥而不腻。

回龙宴的美味让人垂涎欲滴，每一道菜都称得上是既解馋又塑身养颜的美食。周末邀三五好友，赏茶园风光，品回龙香茗，吃回龙茶宴，住回龙民宿，实在是一件既实惠又闲逸的雅事。

烟雾缭绕的回龙茶山

第三章
神秘阿昌　魅力无穷

梁河是多民族聚居地，历经岁月的洗礼，各民族形成了独具特色的节日庆典和生活习惯。依山傍水的阿昌族勤劳而富有想象力，他们在长年累月的生活中培育了勤于思考的特性和敢为人先的精神，这使他们的生活既富有激情而又充斥着神秘的色彩。无论是其口头文学巨著《遮帕麻和遮咪麻》，还是神奇的"活袍"艺术，抑或是节庆时的衣着服饰和婚丧嫁娶等风俗习惯，既充满了人间烟火味道，又增添了许多别样的色彩，既有实用价值又充满艺术的张力，充分展现了阿昌族的勤劳智慧与艺术创造性。

创世史诗《遮帕麻和遮咪麻》

《遮帕麻和遮咪麻》是阿昌族的口头文学代表，它规模宏大，想象丰富，比喻形象，语言夸张，具有典型的神话传奇色彩，被列为我国第一批非物质文化遗产保护名录。其文学艺术魅力已超越民族区域性，是我国民间文学宝库中一颗璀璨夺目的明珠。

创世史诗是一个民族悠久历史的重要标志，是一个民族古老文化的灿烂成果。这样的史诗，不仅创作不易，而在没有文字记录的条件下，传承更是十分艰难。但就是这个人口较少的阿昌族，却留下了一部3万余字的创世神话史诗《遮帕麻和遮咪麻》。这不能不说是民族文化史上的奇迹。

传说中，太古的时候，无天无地，无风无雨，整个世界一片混沌，不知在什么年代之前，混沌中突闪一道白光，有白光便有了黑暗，有黑白也就有了阴阳。阴阳相生，诞生了天公遮帕麻和地母遮咪麻，还产生了三十名神将、三十名神兵和三千六百只白鹤。

遮帕麻裸露着身体，慢慢站起，头上出现了一片蓝空，就成了苍天。他挺直了腰，苍天升上去九万里；他双手托天向上一送，苍天又升上去了九万里。此时的他腰系一根万丈神鞭，胸前吊着两只山一样大的乳房。他挥动神鞭，招来三十名神将、三十名神兵和三千六百只白鹤，让神兵背来银色的沙子，让神将挑来金色的沙子，让白鹤鼓动翅膀，掀起阵阵狂风。有了风也就有了雨。

他用雨水拌金沙，造了一个太阳；用雨水拌银沙，造了一个月亮；余下的金银碎沙，撒成了星星。太阳和月亮造好了，却没有地方安放，他撕下自己左边的乳房造了一座太阴山，撕下右边的乳房造了一座太阳山，两山各高十万八千丈，从此男人就没有了乳房。遮帕麻左边夹起月亮，右边夹起太阳，每跨出一步就留下一道彩虹，经过的地方踩成了银河，呼出的气体变成了漫天的白云，流下的汗水化作了雨。他把月亮放在太阴山顶，把太阳放在太阳山上。遮帕麻在太阳山和太阴山之间种了一棵桫椤树，让太阳和月亮绕着桫椤树转，太阳出来是白天，月亮出来是夜晚。桫椤树上有定盘，定盘升高日子长，定盘落矮日子短。他用珍珠造了东边的天，用玛瑙造了南边的天，用玉石造了西边的天，用翡翠造了北边的天。

遮帕麻诞生的同时，遮咪麻也诞生了。遮咪麻一出生发现脚下没有依托，周围一片虚空，不由惊叫起来。她全身裸露，头发和脸毛有八丈长，脖子上长着硕大的喉头。她摘下自己的喉头当梳子，从此女人没有了喉头。她拔下自己的脸毛织成大地，从此女人没有了胡须。遮咪麻拔下自己左边脸上的毛，织出了东边的大地，拔下自己右边脸上的毛织出了西边的大地，拔下额的毛织出了南边的大地，拔下下颚的毛织出了北边的大地。大地织好了，从遮咪麻脸上流下的鲜血，变成了一望无际的大海。

遮帕麻造好了天，累得打了一个盹。勤劳的遮咪麻越造越高兴，结果把地造得比天还宽。天边罩不住地缘，她扯天来罩住东边，却露出了西边，扯天来罩南边，又露出了北边，还引得炸雷滚滚。危险来临之际，遮咪麻急忙扯去三根地线，结果引发了地震，大地有的地方凸起，有的地方凹下。凸起的地方成了高山，凹下的地方成了平原。从此，地缩小了，天边也盖住了地线。

天地造好了，遮帕麻来到大地上，他看着美丽的大地，惊奇不已，他决定去找织地的神；遮咪麻收好三根地线，看着天上的太阳、月亮和白云，啧啧赞叹，她决定去找造天的神。

在一个晴朗的早晨，在大地的中央，在高高的无量山上，遮帕麻和遮咪麻相遇了。遮帕麻赞扬遮咪麻织的大地有巍峨的高山、辽阔的草原、肥美的河谷、宽阔的海洋。遮咪麻说："天地造得再好，没有人来享受，也可惜呀！"遮帕麻就说："让我俩结合，一起来创造人类吧！"

他俩要结合创造人类，也不知天地喜不喜欢，便决定各自选个山头烧火，让火焰代表天意。结果，两股浓烟在天空交合，变成了一股青烟，说明天地赞成他俩结合。他俩又在两座山头各滚一个磨盘，到山下两个磨盘合拢了，遮帕麻和遮咪麻便放心地结合了。

九年以后，遮咪麻生下了一个葫芦籽，遮帕麻把葫芦籽种在地下。又过了九年，葫芦籽发芽，长出九十九丈长的藤子，开了一朵花，结了一个葫芦。葫芦越长越大，遮帕麻怕它撑破大地，便用神鞭打开一个洞，"洞里跳出九个小娃娃"，出来就对遮咪麻叫妈妈，对遮帕麻叫爸爸。九年之后，这些兄妹互相结亲，生下了后代，人就渐渐多了起来。遮帕麻教会他们打猎捕鱼，耕田犁地；遮咪麻教会他们生火做饭，织布穿衣。遮帕麻和遮咪麻还教会他们驯养飞禽走兽，结绳记事。从此，人类生活在美丽富饶的大地上。

人类的好日子过了一年又一年。突然有一天，天上电闪雷鸣，

雷电劈倒了大树，狂风吹开了天幕，暴雨降到了大地，大地变成了汪洋。天破了，遮咪麻急忙去补。她用原来留下的三根地线，分别缝合了东西北三边的天地。因南边的天地无线缝补，于是遮帕麻和遮咪麻商量后决定，遮帕麻去南方的拉涅赕造一座南天门，挡住风雨。遮帕麻就带着三十员神将和三十员神兵到拉涅赕造南天门去了。

遮帕麻带着神将神兵向拉涅赕出发。一路上高山挡道，他用神鞭赶开；河水挡道，他用神鞭架起桥梁。不知走了多少个日日夜夜，终于到了拉涅赕。

此时，拉涅赕淹没在洪水之中，活下来的人和动物被困在山峰上。洪水还在不停地往山顶上涨。遮帕麻带领神兵神将经过千辛万苦，用神石造起了南天门，制服了洪水。人和动物又回到了平地，恢复了安宁的生活。

在建造南天门的过程中，美丽的盐波神桑姑妮爱上了遮帕麻，她央求遮帕麻在南方与自己过幸福的生活。遮帕麻忘记回家了。

就在遮帕麻去南方降伏水灾期间，狂风和闪电孕育了一个旱魔腊訇降临到大地的中央。他以制造灾难、毁灭幸福为乐。他嫉恨人们幸福的生活，便造了一个假太阳钉在天上，不会升也不会落。从此地上只有白天，没有夜晚。天空像闷热的

遮帕麻和遮咪麻造天地的传说

蒸笼，地面像滚烫的铁锅。水塘干了，草木枯了，水牛的角被晒弯了，黄牛的背被烤黄了。腊訇把山族动物赶下了水，把水族动物赶上了山，游鱼在山上打滚，走兽在水里漂荡，世界一片混乱。

看着旱魔横行，生灵涂炭，动物哀鸣，人类哭喊，遮咪麻心急如焚，但她无力战胜腊訇，只能苦盼着遮帕麻回来消灭腊訇，拯救世界。但遮帕麻远在天边，他并不知道中央大地的生灵正在受难。遮咪麻便决定给遮帕麻送信。她派鸡去，鸡说它怕老鹰来叼；它派狗去，狗说它不能过河。正当遮咪麻束手无策、无可奈何之时，从河里爬上来一只水獭猫，说它愿意去送信。遮咪麻高兴得流下了泪来。

好一个水獭猫，领命以后就上路，它逢山过山，遇河钻水，翻了无数座山，过了无数条河，历尽艰辛，终于来到了拉涅赕，把中央大地遭难的情况告诉了遮帕麻。

遮帕麻听说中央大地遭难，心急如焚，立即召集神兵神将要返回家中救难。但桑姑尼和拉涅赕的百姓一起苦苦挽留，使他去留两难。他决定用老鼠来测定天意，如果老鼠从新洞出又进旧洞他就回去，如果从旧洞出却进新洞他就留下。结果老鼠从新洞出进了旧洞，示意他回去。遮帕麻就带着神兵天将离开了拉涅赕。桑姑尼也带着她的盐巴跟随遮帕麻来到了中央大地。

遮帕麻回来看到的是天旱饥荒。那个钉在天上的假太阳照得空中热浪滚滚，地面热气腾腾，大地开裂，山林冒烟，庄稼无存。他勃然大怒，挥起赶山鞭，震得山摇地动。但在遮咪麻的劝导下，他很快控制了怒火，决定先假装和腊訇交朋友，用魔法战胜他，再把他消灭。

遮帕麻走进腊訇家，腊訇鼓圆十二个眼球，鼻孔喷出火焰，满脸杀气。遮帕麻说自己是来交朋友的。腊訇以为遮帕麻怕了自己，傲慢地说交朋友可以，必须以他为大，天地万物要归他管。遮帕麻说要从比赛结果决定大小，谁的魔法大，谁就管天下。腊訇自认为魔法无边，就满口答应了。

他俩走进山林对着一棵开花的桃树，腊訇掐动手指，念完咒语，桃树的花叶全蔫了。遮帕麻对着桃树念动咒语，喷了一口清泉水，枯萎的桃树又开满了鲜花，长满了绿叶。腊訇输了，但他不服，说只有在梦中斗两次法才能定输赢。

第一次斗梦，腊訇睡在山头，遮帕麻睡在山脚。遮帕麻梦见大地一片葱绿，天空一片蔚蓝，被假太阳晒死的树木花草活了过来。小鸟飞回了树林，鱼儿在水里游来游去，世界充满了欢乐。

第二次斗梦，腊訇睡在山脚，遮帕麻睡在山头。腊訇梦见天塌了地陷了，自己掉进了万丈深渊。

三次斗法，腊訇失败三次，终于同意和遮帕麻交朋友。

遮帕麻请腊訇到家里吃饭，桑姑妮在饭菜里放上盐巴，腊訇觉得饭菜鲜美极了。第二天，遮咪麻去找来菌子，桑姑妮又放上盐巴，腊訇觉得更好吃，说他家人也要跟去找菌子来吃。遮咪麻就带上腊訇的妻子一起去找菌子。自己背上一个背篓，让腊訇的妻子背上背篓。遮咪麻把无毒的菌子捡进自己的背篓，把有毒的菌子留给腊訇妻子捡进背篓，各自回家。

第二天遮咪麻和遮帕麻料定腊訇家一定被毒菌毒死了，但又不好去打听。到第三天，遮咪麻才派小麻雀、老鼠和苍蝇去查看，他们回来报告说腊訇家都死了，死尸上都生了蛆。

腊訇死后，尸体臭气冲天，狗去撕他的心，猪去拱他的肝，七零八散，碎尸万段。人们高兴极了，载歌载舞，庆祝旱魔的死去。

遮帕麻砍来栗树，做成一张千斤重的弓，砍来大龙竹，做了一支九丈长的利箭。他拉弓放箭，射落了假太阳，天空又出现了遮帕麻造的太阳和月亮。真太阳能起能落，真月亮能升能降，世界又恢复了原来的秩序。他又挥动赶山鞭，把倒地的树木扶正，让倒淌的河流回转；把水里的山族动物送回山，把困在山上的水族赶回河里，整顿了混乱的天地。

为了让人类幸福地生活下来，遮帕麻教会了男人耕田种地，遮咪麻教会了女人纺纱织布。然后，遮帕麻和遮咪麻飞上了天空，遮帕麻骑上月亮，遮咪麻骑上太阳。白天，遮咪麻俯瞰着大地；夜晚，遮帕麻巡视着天空守护着人类的安宁。

可是，传到九百九十代时，恶魔腊訇的阴魂又还阳了。他痛恨遮帕麻和遮咪麻把自己碎尸万段，使自己皮在西，骨在东，肉在南，筋在北，吃了万年的苦头。便托生为三嘴怪人，一张嘴吃天，一张嘴吃地，一张嘴吃人，每天要吃九个童男童女。人们痛恨不已，把他赶到九座大山之外。但他使用妖法，把大地上的水全部弄干。绿树叶枯，作物着火，田地开裂，又返回吃人。人们手持棍棒刀叉，拼死搏斗仍打不过他，后来一个叫腊亮的小伙子爬上大树，用硬弓射中了他两只眼睛，他才逃跑了。但他逃跑时，卷起的狂风，仍然卷走了九个童男童女。

遮咪麻求雨

为了寻回被卷走的儿童并战胜恶魔，勇敢的小伙子腊亮身背硬

遮帕麻与妖魔腊
訇斗法

弓,翻过了九十九座山,路途上战胜了猛虎毒蛇,射杀了凶恶的大雕。当他精疲力竭时,遮帕麻从天上派来了一个使者,赐给他一葫芦圣水和一枝开满白花的"桑建树"。说水是圣水,花是神花,桑建树是降魔棒,无论什么恶魔灾难,只要用"桑建花"蘸葫芦里的圣水洒去,就可免除灾难。腊亮找到了三嘴怪人,用降魔棍打死了他,救出了童男童女。又用桑建花蘸着葫芦里的圣水到处洒去,花草树木全部复活,大地又充满了勃勃生机,人们又过上了幸福安康的生活。

　　这就是阿昌族创世史诗的主要情节,它以唱诗般的形式和口头讲述的形式传承至今。由于它想象神奇,叙事宏大,内容丰富,情节生动,承载着古代社会的许多痕迹,对阿昌族社会生活影响深远,在民间艺术上有很高的成就。2006年5月25日,经国务院批准,《遮帕麻和遮咪麻》被列入第一批国家级非物质文化遗产保护名录。

创世史诗的祭典——阿露窝罗节

阿露窝罗节是阿昌族传统节日，主要是为了纪念阿昌族神话史诗中的创世始祖"遮帕麻"和"遮米麻"的丰功伟绩，歌颂幸福美满的生活，祝贺丰收而举行的活动。

因为有传承千年的创世史诗《遮帕麻和遮咪麻》，形成了阿昌族以纪念始祖为主要内容的传统节日——"阿露窝罗节"。由于过去梁河与陇川的阿露窝罗节名称和日期不同，1988年，德宏州第九届人大常委会第三十次会议决定，将两地的节日统一为"阿露窝罗节"，于每年3月20日开始，欢度两天。原来多以自然村、行政村为单位过节，后来以县为单位共同庆祝，将每年搭建神台改为永久性节日标志，有固定场所。这样的场地目前有永和、关璋、横路三个。下面，笔者就带你参加一场"阿露窝罗节"。

进入阿昌族的节日场地，首先见到的是矗立在广场中央的节日标志。在一个齐胸高，两米宽、两丈长的基座上，并排竖立着两根水桶粗、八米高的圆柱。柱身各缠绕着一条上升的青龙，攀到柱顶互相对望。两柱的中间则塑有两只后脚立地，臀部微蹲，右前脚抬起，长鼻顶着红珠子向上高举的白象。圆柱顶端横架着一张射向天空的巨大弓箭。其寓意是，弓箭象征遮帕麻射落假太阳；青龙象征迎接天降喜雨；白象是佛祖的坐骑，象征佛祖把吉祥幸福带给人间。

阿露窝罗广场标志性建筑

主场活动这天，节日标志基座上那两个可装一箩木香的大炉鼎早已青烟缭绕，旁边供着牛头、猪头、雄鸡和五谷。一位身着黑色长袍，头裹红布包头，腰系红腰带，一手持剑，一手摇着鹰尾大扇的老年祭司在分段唱诵史诗。村民们有的给炉鼎添香，有的给神座献上鲜花绿叶，有的供上水果。整个场区人头攒动，熙熙攘攘，吆喝声、叫卖声络绎不绝，十分热闹。

各村穿着节日盛装的阿昌族队伍陆陆续续来到了。有九对狮子各领一支队伍，列队等待入场参拜神座。这时，祭司手捧雄鸡，面朝神座，念动咒语，把鸡冠血涂上青龙缠绕的柱子上，预示创世大神之灵已经附在神标上，可以接受人们的参拜了。

锣鼓敲起来了，随着鞭炮齐鸣，号角长嘶，狂舞的狮子带着自己的队伍奔向神座。人们载歌载舞，围着神座绕行三圈，狮子向神座行三跪礼，各队依次进行。接着户撒的青龙队伍入场了，他们挥舞的一对青龙起伏蜿蜒，时而如在云中穿行，时而如在水中翻腾。龙头不时向神座致敬。最后入场的是白象队，只见那头装饰华丽的白象，憨态可掬，缓缓入场，整个入场节奏突然慢了下来。它时而挥动长鼻，频频向大家高扬致意，时而来到神座前点头鞠躬，萌态百出，一片祥和景象。

入场仪式完成后，狮、象、龙等还要一起狂舞，一起娱神。之后，这些道具便全部围在神座四周摆放，表示这些威猛的神兽都依偎在创世大神面前，接受他的爱抚。人们则在锣鼓和音乐声中围着神座歌舞，大圈套小圈，如"日头打伞"般蹬着窝罗舞，表达对祖先的感激并展示生活的美满。

那些头戴箭翎形高帽，身穿长裙的贵妇圈子，舞步舒缓而飘逸，面带微笑，显得高雅大气；那些头梳发簪，插满鲜花，身穿五彩长裙或短裙的少女圈子，舞姿欢快活泼，充满青春的活力；那些头戴圆形散须黑帽，腰扎裹肚或红带，脚打绑腿的男人圈子，则舞步沉稳、踏实，刚健有力，伴着阵阵呼喊，给人一种坚韧不拔、勇往直前的感觉……各族朋友如果心动脚痒，可以选择不同的圈子与他们共同起舞，他们会给你会心的微笑，欢迎你的加入。

这样的歌舞此起彼伏，在不知不觉中已度过一天的时光。

其实过节的活动在头天晚上就已开始，急于参加活动的人们，头天晚上就来场区的各个角落燃起篝火。大家蹬了半夜窝罗舞以后，就以寨子为单位，邀约其他寨子的来客围着火塘对歌。一般是男女互对，成年人与成年人对，内容多为同忆过往的青春时光，共叙一段段友情；青年人与青年人对，对歌的内容则以谈情说爱为主；如果有陌生的客人愿意加入，你也会受到唱歌的邀请，深情的歌唱往往通宵达旦，不知成就了多少对恋人。

节日就要落幕，各村各寨的人们陆续回家。领头的狮子和青龙白象还要带队围着神座再跳三圈歌舞，向创世大神道别，期待明年再来参拜。

❶❷ 欢快的人们在蹬窝罗

丰富多彩的阿昌族民间文艺

阿昌族民间文艺活动丰富多彩，有一句话叫"阿昌生得犟，不哭就要唱"，人们在讲述祖先丰功伟绩时要唱歌，谈情说爱时要对歌，劳作竞技时要吼歌，兴业庆典时要欢歌，节庆婚丧时要高歌，给死者送葬时要唱孝歌。阿昌族民间文艺与民间娱乐相互交织，创造了丰富多彩的民间文艺，如立秋架、玩春灯等等。

丰富多彩的阿昌族民间歌谣，表现出阿昌族人民生活的活力、超群的智慧和出众的创造力。

阿昌族民间文艺与民间娱乐相互交织，创造了丰富多彩的民间文艺，如立秋架、玩春灯等等。

阿昌族民间音乐

阿昌族民间音乐，曲调独特，风格多样，基础深厚。乐器有吹奏乐、弹弦乐、拉弦乐和打击乐四种。这些乐器演奏的乐曲，韵律古朴，使用广泛，宗教祭祀、婚事丧葬、节日庆典及劳作之余均可使用，进一步丰富了阿昌族的精神文化生活。德宏民族出版社出版的《人们向往的地方》收录了阿昌族音乐《户撒情歌》《金色桂花开　香飘阿昌寨》，云南音像出版社出版的《腊鹭崩》收录的《阿昌欢歌》《阿昌敬酒歌》《阿昌采茶歌》《阿昌窝罗歌》《阿昌山歌》

阿昌族民间艺术家张立旺正在演奏"诺桥波罗"（牛角号）

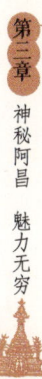

等20余首阿昌族歌曲，是阿昌族民间的优秀音乐代表，极大地推动了阿昌族音乐文化的繁荣昌盛。

阿昌族民间曲调

阿昌族民间曲调，以阿昌语口口相传的形式在民间流传。因为阿昌族没有自己的文字，随着阿昌族语言的汉化而濒临失传，如果不加以保护便会逐渐消失。

"扎妮思瑙侯"曲调，意为"男女对唱"，也可称"情歌对唱"，也称"山歌调"，就是我们通常所说的"唆唆咪来"。在室内火塘边、厨房灶脚和户外草地上都可进行。一般采用假声唱法，曲调优美自然，为五声音阶e调式。无论是用阿昌语还是用汉语演唱，均组合成七言两句或四句式，即兴创作，运用比喻、拟人、假借、夸张、对偶等修辞手法，表达真挚热烈的情感。对唱采取集体参与方式，由男女双方各一个"稍干"（歌手）领唱，众人随和，通宵达旦。领唱每唱出一句正词后，众人便以副词附唱，第一句附唱"唆唆咪来呀啊，唆咪来哆来唆来呀"，第二句附唱"哆哩哆啦唆，唆啦哆唆"。

"则勒咱"曲调，又称"小切""小调"，意为"假嗓唱法"，通常在"蹬窝罗"之前演唱。寨子起房盖屋、红白喜事或节庆场合，亦可演唱，全寨男女老少均可参加。如遇远房亲戚来访，若是女性，寨子里的男青年会相约去主人家候客；若来客是男性，则寨中女性歌手会相约前往。当主人听见门外有人唱起"则勒咱"时，便在天井和堂屋里摆上一张桌子，置烟茶相待。"则勒咱"唱完之后，人们开始围桌跳"窝罗舞"，曲调也改唱"则勒麻"。

"拔套昆"是"则勒咱"曲调的一种唱腔。阿昌语：拔，是美好、动听的意思；套，是打扰的意思；昆，是调子的意思。"拔套昆"含有"打扰客人瞌睡的调子"之意，因而叫"惊动调"。唱词句首有"萨得将格——"句式。唱词由"稍干"领唱，众人随和，围绕打扰惊动客人来候客，与客套内容，词句即兴发挥，唱词谦和亲切，是阿昌族热情待客的一种古老形式。

"拔松昆"是"则勒麻"曲调的一种唱腔。阿昌语：拔，是美好，动听的意思；松，是他或袖子的意思；昆，是调子的意思。"拔松昆"含有"邀请客人一起跳舞的调子"之意，故称"候承调"。唱词由"稍干"领唱，众人随和，围绕火塘或案桌，边唱歌边"蹬窝罗"。每段唱词句式，以"呃！撒户赛呀"开始，采用美好词句赞扬客人，结尾以"呃！撒户芒呀"作诗词，邀请客人一起载歌载舞。

"则勒麻"曲调，又称"大切""大调"或"窝罗调"。与"则勒咱"相对应，意为"真嗓唱法"。是阿昌族专门用于民间"蹬窝罗"时伴舞与指挥的唱腔曲调。因此，也叫"窝罗调"。其特点是高亢激昂，浑厚雄壮，与小嗓唱腔的"小切"形成鲜明对比。以一问一答形式对唱,唱词包含对客人的热烈欢迎和问候,询问来客的姓名、年龄、籍贯、村寨和家庭、家谱等情况,向客人介绍本地风俗、风情。

"活直腔""拉嘎调""活袍调"是阿昌族对祭祀性唱腔与曲调的统称,目前传习在少数祭司之中。阿昌族民众从事"送灵""送谷期""祭大小家鬼""请师""隔神"等宗教仪式时,邀请祭司主持仪式,吟诵送魂、安神、祈福、襄神的曲调。这些祭词,宗教色彩与民间文学色彩明显,辞藻古朴,唱词精美,极有修辞与文学色彩。阿昌族创世神话史诗《遮帕麻和遮咪麻》中的重要章节,大多数是祭司用"活直腔"唱诵的,是唱"天公地母"的鸿篇巨制。

"撒扎调"是阿昌族另外一类等级低下的祭司在民间祭祀仪式中,请师"活约""桃花小哥""白鹤仙子",民间替人看卦、开门、送鬼、送歹、"化水"、"花油"治病时,借用"活直腔"掺杂唱诵的曲调。

另外,民间在送魂、举行丧葬祭祀时,还唱缅怀与祝赞亲人的"缅怀调",因第一句唱词都是"麻兰哎",因此又名"麻兰调";因妇女在哭丧、追忆故人时,也采用此调,也称"哭丧调"。

阿昌族民间乐器

阿昌族民间乐器,以打击乐器和吹奏乐器为主。打击乐器有象脚鼓、牛皮鼓、大堂鼓、铓锣、铜钹、磬锣、铜钟、铔子等;吹奏乐器有洞箫、葫芦箫、葫芦笙、竹笛、牛角号(啵啰)、铜号、唢呐、口弦、树叶等。一些地区普遍使用马腿琴、牛角琴、丁琴、二胡、三弦、月琴、琵琶弦等拉弦或弹弦乐器。马腿琴造型奇特，其形状似马腿，故名；牛角琴则采用牛角材质，做共鸣器。阿昌族不同乐器应用于不同的场合，象脚鼓、牛皮鼓、大堂鼓、铓锣、铜钹主要在节日庆典中使用，用于集体舞蹈的伴奏音乐。磬、铜钟、铓子等专用于宗教仪式，大堂鼓、铓锣、铜钹，也用于丧葬仪式和祭祀活动等场合。葫芦箫构造与葫芦丝类似，用一个葫芦做共鸣箱，底部并列插入三根竹管，中间主管，有七个按音孔，内置簧片，两侧分别为高低音副管，吹奏时三管齐鸣，音域丰富清丽，是青年男女恋爱时吹奏的民间乐器。男青年赶集、赶摆、串姑娘时都随身携带，遇见中意姑娘就吹响葫芦箫，以博得姑娘芳心。吹树叶是在野外对唱山歌时最常用的伴奏乐器。人们平常上山砍柴或找猪草，随手摘片树叶含在嘴里吹奏，清脆悦耳，十分动听。牛皮鼓，独根原木镂空，两张牛皮和数根皮条将两个断面绷紧，巨鼓有木架，两面可击。最初源于古代战鼓，后来主要应用于大型祭祀活动和节日庆典。

阿昌族民间舞蹈

阿昌族的民间舞蹈，最流行的是窝罗舞。窝罗舞蹈起源于古代原始的狩猎舞和祭祀舞，最初是祭祀天神时围绕祭台跳的一种舞蹈。现在逢年过节、吉庆丰收、婚丧嫁娶、兴业庆典、村寨联欢、访亲候客等众多场合都可进行。窝罗舞在歌手的领唱、众人伴唱或击鼓声中围成一个圆圈跳。通常在堂屋中、广场上或烧一堆火或放一张桌，围桌而舞，围绕火塘而蹈。其主要动作是模仿神话传说中阿昌族始祖遮帕麻和遮咪麻造天织地、降妖除魔、射落假太阳等各种动作而进行。舞蹈动作有"日头打伞""月亮戴帽""弩弓射日""双龙行路""双凤朝阳""猛虎下山""金龙转身""苦竹盘根""男耕女织""滴滴吊鸟不走岔岔路"等。以"麻雀下树拍翅鸣"

为开头，以"竹鸡双双归巢林"为结尾，分男女双排并行，呈圆形转动，击鼓扑节，动作粗犷豪放，音乐热烈震慑，充满了原始古朴的元素和浓郁的民族特色。

阿昌族民间的象脚鼓舞也十分有名，其特点是击象脚鼓者和敲镲者配合跳，对数不限，与傣族、景颇族、德昂族等民族不同，具有本民族的特色。在舞蹈进行中，敲镲者始终与击象脚鼓者斜对着跳舞，相互照应，互相嬉戏，舞蹈者双脚前后、左右跳跃挪动，身体一起一伏，两腿时蹬时收，时退时进，时跨时蹲，击鼓扑节，很有节奏感。即使是拿树枝跟随跳舞的人，口里也不时发出"唔——会会"欢叫声，欢乐的舞蹈情绪也会达到高潮。

各族同胞一起蹬窝罗

古朴别致的婚恋礼俗

自古以来,婚姻一直是人类生活中的头等大事,古人云:人生三大喜"洞房花烛夜,金榜题名时,他乡遇故知"。婚姻放在最前面,可见其对人生的重要性。梁河阿昌族在长久的劳动生活中,以其丰富的想象和开阔的胸襟,创造了许多别致的婚礼习俗,让参加婚礼的人们既能充分感受到婚礼的隆重喜庆,又能享受到参加婚礼的轻松愉悦,充分体现了阿昌族同胞热爱生活,又善于组织娱乐活动的群众智慧。

阿昌族结婚,有非常多的讲究,这些讲究既体现了阿昌族对待生活的热情与智慧,又是对古老文化的弘扬与传承,体现了阿昌族对生活的热爱与追求。

进门:新郎将新娘接进家门,司仪会叫新郎用红绸牵着新娘,让新娘头顶红盖头,在"圆成婆"的护佑下,从院子中心上台阶,迈入门槛时,要踩一把倒放在地上的斧子,进入正堂再踩一把平放在地上的大刀。来到火塘边绕三圈,新郎才能把新娘牵进洞房。

由此,古朴的阿昌族结婚仪式拉开了序幕。

为什么要让新人进门踩刀斧和绕火塘呢?其寓意为驱魔熏鬼,消灾辟邪;而绕火塘是崇拜火神,寓意远离火灾,幸福安康。

挑水:新娘嫁入男方家后,第二天清晨,在家族长辈的主持下,在男女老少的簇拥下,新媳妇要背着稻草扎的小娃娃,挑着一头是水桶一头是木柴的"阴阳担",到寨子的水井里挑水。这时,祭司会在井边烧上"纸火",念上"四句",有时祝赞内容增加,句子也随之增加,所以偶尔也会超过四句,但人们还是习惯

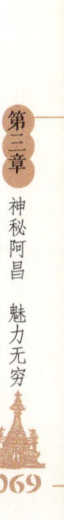

称为"四句"。然后让新人磕头取水,等新媳妇挑水回家,小伙伴们便会追逐嬉戏,用锅底灰抹新娘的俏脸,新娘也会和大家打闹,使得婚礼热闹非凡,笑语不断。

扫地:挑水过后,新媳妇会背上草人扎的小娃娃扫地,祭司会叫人在地上故意倒一些杂物,在东西南北中五处各放点零钱,"活袍"一边念"四句",一边让新媳妇扫地。新媳妇要将垃圾扫成堆,把钱捡起,然后请一小孩帮倒掉,所捡之钱就送给帮倒垃圾的孩子。新郎在一旁给大家敬烟敬酒,说些感谢的话。这关主要考察新人的劳动能力和为人处世。真的是平常事中见智慧。

拜堂:阿昌族结婚,在宴客前,必须在男方夫家举行一个

阿昌族结婚习俗"扫地"

重要仪式——"拜堂",即一拜天地,二拜祖宗,三拜高堂。拜堂时,堂前设一方桌,铺上床隔单,摆上酒壶、茶叶、花生、瓜子、糖、香烟,还有一对松明子,一对青葱头,两双筷子,一对花碟,两封红纸包裹的礼钱封。在鞭炮声中,家族内一对童男子三拜九揖,然后,由祭司念诵"四句"后,新人开始拜堂认亲。这时,家族会"斗钱"送一块喜气洋洋的牌匾,上写"白头偕老""永结同心"之类的祝福语。主要亲戚会向新人送贺礼,毛毯、被单、盆,甚至金银首饰等。每送一样,祭司都会念诵"四句",然后再把礼物送给新人,并请专人进行"登记"。最后,一对新人在"圆成婆"的指引下,双双跪着给长辈一个一个敬酒敬烟,新娘会改口随新郎叫人,这叫"认亲"。每位长辈"受礼"后,会说一些祝福与教育的话,并给新人"磕头钱"。"认亲"结束,祭司会叫来设堂时的那两个童男,行三拜九揖礼,再把桌上的松明子、青葱、筷子、头

小游戏——新郎用长筷子吃饭

尾调顺过来，撤出堂桌，既隆重又有场面的仪式感，是整个结婚环节中令人印象深刻的一环。至此，整个仪式才算结束。

待客：阿昌族的婚俗烦琐复杂，男女双方分别要举办三天的结婚典礼。待客，也叫宴客，分窜客、正客、辞客。窜客与辞客，在第一天和第三天进行，主要由户主召集家族主事人，拢客起事，商量婚事，安排分工等。正客安排在第二天，主要款待家族母舅，正亲正戚，远亲近戚。这天，阿昌族会以传统的菜肴待客，酥肉坨、大白片肉、水菜、串菜、豌豆粉、冒米线、醋呛莴笋、白豆腐、葱姜小炒肉、棕苞米炒肉、茴香肉丸子汤、煮土鸡肉汤、油炸整鱼、油炸排骨、煮青菜、煮山药、煮老瓜、煮芋头、煮红豆等，应客人请求也上水腌菜（一般正席不上腌腊小菜）。

正客正顿时，新婚夫妇会在祭司主持下，一桌一桌向客人"敬糖茶"，客人会给点小钱以礼还礼。

山歌：阿昌族结婚，白天待客，晚上常会开展山歌交流，以歌传情，歌声会传达本村对客人招待不周的歉意，客人则感谢主人和邻居的热情好客，招呼到位。女声唱完男声答，男声唱完女声答，一问一答，相互唱和，忽高忽低，此起彼伏。余音绕梁间，有的唱出了友谊，有的唱出了朋友，有的唱出了爱情。每一堂山歌的背后，总会演绎出许多令人印象深刻的故事。

老人为新娘盖头巾

阿昌织锦与服饰的魅力

早在汉唐时期，我国就盛产丝绸，西汉开辟了著名的"南方丝绸之路"，"绚丽丝绸云涌动，霓裳歌舞美仙姿""千封锦缎西霞路，万里行舟大海驰"就是对古丝绸之路的真实写照。宋元时，黄道婆将丝织技术推向了一个新高度，使我国成为蜚声中外的丝绸大国。勤劳智慧的梁河阿昌族同胞传承了中原文化的丝织技术，以当地坚韧易得的棉麻为织绸材料，以常见的花鸟鱼虫和人物景观为图案，织成了丝线密实、图案精美的阿昌族织锦。用织锦剪裁的阿昌族服饰，精雕细琢，款式丰富，新颖别致，走到哪儿都是一道亮丽的风景线，充分展示了梁河阿昌族妇女同胞的勤劳和智慧。阿昌织锦在梁河丝织品中具有独特的历史地位。

阿昌族是一个十分勤劳智慧的民族，其服饰款式奇异，图纹别致，色彩斑斓，具有社会、历史、宗教、哲学、民俗及审美等研究价值。阿昌族织锦工序复杂，技术要求高，原料难得，具有较高的艺术价值。

阿昌族自古流传着"伙子看打铁，女子看纺织"的俗话。一个阿昌族女子纺织技术的好坏，会成为评判她是否优秀的标准。阿昌族姑娘长到十二三岁的时候，其长辈都会悉心教授她纺织技术，努力使其成为织锦高手。等到成人，就有"一天要织三机布，一夜要登布三机，织到鸡叫放下刻，打个哈欠做饭去"的民谣。因其烦琐的织锦工艺，有"寸锦寸金"的说法。织锦色彩斑斓、质地厚实、图纹别致。一幅筒裙，需要一个熟练技工花费30天，织9600刀线，使用9色线种，扣除36种花纹。进行54400次扣花，搭配出几百种不同的样式才能完成。目前，用织锦做成的饰品主要有头饰、花腰带、筒帕等，每当节日庆典时，那些身着盛装的阿昌族妇女，无论走到哪里都是一道亮丽的风景线。

头饰，阿昌语叫"屋摆"，当地人叫"包头"。因为它高，又叫高包头。多为女性用木制手摇纺车，一刀一梭地织成长布条，搓结好顶端的线头"耍须"，再染成黑色而成。戴包头时插戳头花棍，佩大圆银耳环。此种头饰，质地坚硬，做工精细，造型独特，未婚女性多能娴熟织就。然而要包饰它，必到婚礼才可。包高包头，有庄重的仪式，阿昌语叫"杂尼航"，当地人叫"圆成"。包头是阿昌族已婚妇女的显著标志。阿昌族妇女的头饰造型，高昂雄伟，足有一尺五。将其展开，则达丈许。据说，我国所有（戴）头饰的少数民族中，阿昌族妇女的包头高度名列榜首。

❶ 阿昌织锦
❷ 编织织锦

❶❷ 梁河阿昌族女性服饰

衣饰,阿昌族叫"扎默"。阿昌族女性衣饰尚黑,多选棉质,早期自裁、自纺、自缝。先喜司林布、织贡尼、蛮盖布,未婚妇女和年轻妇女多择浅色,漂白、水绿、桃红、鹅黄的的确良布。为对襟、长袖,袖口加不同色块镶边,小翻领,布格褡纽扣钉银纽、银链。衣饰前后摆较大,阿昌族称"帚脚"。佩手镯、泡花镯、筷子头镯、戒指等。此衣饰款式新颖、大方合体,借助围裙系紧前摆,极能突出女性身段线条之美,显映出着装者健康的精神风貌。

阿昌族新婚媳妇还在上衣外配一件坎肩式小罩衣,俗称"挂膀"。此饰多为黑料,前后边沿镶钉圆形银泡,对襟前开口。前扣为银排纽,纽扣约三指宽,外挂一串银配饰,有银链、三须、灰盒、针筒、一对小鱼、耳勺、小叉及戳头棍等银制品。此配饰制作精细,工艺纤巧,其物像造型,惟妙惟肖,有极高的工艺水平和审美价值,充分反映了能工巧匠的精湛技艺和阿昌族女性爱美的天性。

围裙,俗称围腰裙。阿昌语称毡裙,由裙面、裙头、裙带三部分构成。裙面,黑料,多选织贡尼、机织胡椒盐布,彩线双锁边。裙头宽约五寸。裙面色彩鲜艳,双层、有口,为女性装钱币、烟盒及小镜等物之用兜。裙带,黑底、双条、菱形头,顶端边沿部分用各色彩锁边,称其花纹为狗牙花。中间有花卉,外坠彩珠彩球及彩线结。此裙带,围腰系扎后,余部拖吊至膝间,飘逸洒脱,故有毡裙飘带之称。

关于毡裙来由,还有一个动人的故事。阿

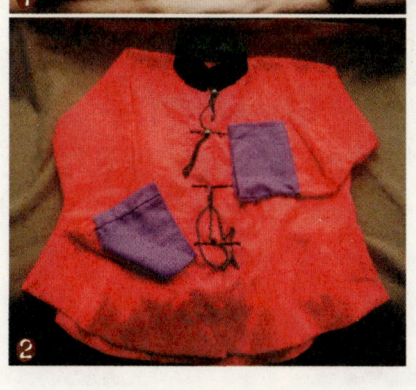

昌族民间故事《毡裙的故事》中叙述：一阿昌族男子在路边挖地，一个官人骑马带兵经过，戏弄其愚笨，问："喂！小伙子，你挖地一天挖几百锄？"男子无言以对，官人乘兴而去。当晚，男子媳妇授其反诘语。次日，官人复问，小伙按其妻旨意反问："老爷，你的马一天走几百步？"官人瞠目结舌，问其话从何而来。小伙如实相告。官人于心不甘，便咐："明天，我要到你家吃顿饭，告诉你媳妇，做出九十九样菜，还要有一碗龙爪菜，要摆在千只眼的桌子上。"

那小伙大吃一惊，非常沮丧，归家，告知其妻。妻却不以为然。次日，她用九个小碗盛了韭菜，又煮了瓜尖做龙爪菜，摆在满是眼睛的箩桌上。官人骑马赶来，非常惊诧，认为阿昌族女人太聪明，竟能左右男人。他不动声色地说："你的菜，扎实好，只是你的锅边太邋遢，我送你一块青布做毡裙，系着就干净了。"从此阿昌族女性就有了毡裙。

花带子，阿昌语称"独期萨莱"。它有别于毡裙上的花带，一反阿昌族女性服饰尚黑之惯俗，红底，宽四指，长丈许，选黑、白、蓝、黄等各种色线，在中间抠织两条花纹，其图案有狗牙、鱼骨、瓜子等十多种图纹，精工细作，其造型布局、纹络色泽，均属

阿昌织锦

游客正在挑选阿昌织锦

服饰之上品。花带两端均有"须耍",并在其间结花坠珠,整体艳丽夺目。可惜,这服饰精品系于筒裙与毡裙之间,除结婚女子于婚礼佩饰外,平素难见其庐山真面目。花带子,选色别致,造型图案独特,加之宽窄适中,做工精巧,极有民族特色,对其演绎为旅游及民族手工艺品之佩戴(长刀之佩戴)等织锦品,有其研讨及开发价值。

筒裙,阿昌语标为"姆支"。筒裙分两种,无花纹者,称"素围腰",有花纹者,是"白夸姆支"。有花纹者,又分满花裙和半戴花裙两种。筒裙,无论有无花否,均为黑底,再用各种彩线制成花纹。此花纹,多称狗牙花(其形似狗牙状),也称筒子花(五筒花、七筒花)和节子花。筒裙花纹复杂,做工烦琐,反映了阿昌族高超的纺织工艺水平。此裙,多为已婚妇女系用。

绞脚,阿昌语"尅投"。绞脚,类似其他民族的绑腿,黑

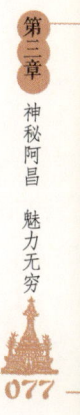

色，织缝成形。有筒裙上的狗牙花纹，单边钉红羊毛绒线，钉狗牙及贝壳类实物。细线搓成带，用于捆系。未婚或已婚者，均有此饰，故妇女喜佩。但女性去世，娘家接"切"（灵）回返之草人身上，其他服饰都穿，唯不系"绞脚"。

阿昌族民间故事《亲妹子与晚妹子》解释此俗说：从前，一兄与两妹子生活。两妹中一亲一晚，两妹外嫁后，互相走亲。亲妹子待哥一般，晚妹子有酒有肉。哥为试两妹亲情，一日，装死，让村人传讯。晚妹闻讯，一改往日热情，反应冷漠；亲妹闻讯，悲伤欲绝，号啕大哭，捉起一只鸡便抄刺丛近路来赴丧。路间，一只绞脚被刺挂掉，她索性将另一只也取下。哥见不系绞脚的亲妹子急急赶来，感动不已。并许愿："你心肠好，待你去世后，定将你灵魂接回家超度。"于是，阿昌族有了此俗。

绡迈，阿昌语，汉语为"围巾"。黑料、方形，四角绣花卉，吊蚂蚁花及彩珠。平时可披围，亦可包裹物件之用。未婚姑娘多用此饰赠予意中人为信物。

狮舞花灯

阿昌族是一个热爱生活而又善于学习的民族,数百年来,他们与当地各个民族相互学习,积极交流,始终以兼收并蓄的态度对待新生事物。一百多年前,当汉族的舞狮技艺传到德宏一带时,禀性豁达而又乐观向上的阿昌族同胞便积极引进,并将传统的玩花灯与舞狮技艺糅合在一起,形成了说唱结合的狮舞花灯,为阿昌族同胞的节日庆典增添了许多乐趣。

春节,是中华各民族的重大节日,阿昌族也不例外。忙碌了一年,迎来了喜庆丰收时刻,就以各种形式开展节庆活动,其中表演花灯便是阿昌族人表达喜庆之情的重要方式。演花灯以舞狮为主。狮子被中华各民族视为祥瑞之兽,许多地方都用舞狮活动来庆贺或寄托求吉纳福、消灾除害的美好意愿。在缺医少药瘟疫横行的过去,阿昌族人每到春节就以舞狮的方式驱邪避灾,祈求来年清吉平安、五谷丰登。舞狮除了传承积极的民族文化以外,还被赋予了浓厚的宗教色彩。而今,欣逢盛世,玩灯活动更加兴盛,宗教色彩逐渐被淡化,传承民族文化以及倡导积极向上的公序良俗成为玩灯的主要目的。

春节的阿昌族山寨,从年前的舂糍粑、杀年猪到新年的立秋千、请春客、玩花灯,会一直沉浸在幸福快乐的节日气氛之中。玩灯是春节竖起秋千后人们最期盼的重大节日。玩灯并不是所有的村寨都组织,也不是会组织的村寨年年都要进行。但无论哪个村寨组织了,都会走村串寨地去巡演,为村村寨寨送去美好的祝福与快乐。玩灯分为:神灯参庙、贺秋、贺众

堂、钻家灯、出灯、烧灯等环节。每个环节都充满了神秘色彩和仪式感。

初一晚上，在村子里的秋千场，人们老早就支好了八仙桌，摆上各种供品，全村男女老幼皆在此恭候。夜幕降临，秋千场上灯火通明，高高的秋千架如一道大门稳稳地立在中央。在空旷的山乡，一声"烧粑粑来"的号角划破寂静的夜空，伴着喧天的锣鼓，一群阿昌族汉子随着两头披红挂彩的雄狮在参拜庙神之后威风凛凛地进到村来。舞入秋千场，"指挥官"的绣球忽而高扬，忽而从左到右、从右到左地画着弧线。随着一串鞭炮声响起，狮子顺着绣球的指引时而飞跃起来，时而卧倒下去；时而翻滚，时而嬉戏；一会表现得威武勇猛，一会又显示出乖巧机灵；一下是敏捷伶俐，一下又是憨态可掬。整个表演起承转合，配合默契，收放自如。既粗犷豪放，干净利落，又细腻多情，赏心悦目。当狮子跳上八仙桌，扬起高昂的头颅，面向观众把挂在颈项上的铃铛摇得更响更亮时，狮子舞也达到了高潮。接下来，狮子双双跳到八仙桌前面，匍匐着轻轻摇动头颅，眨巴着大眼睛，注视着前方。一时间锣鼓声、欢笑声便戛然而止。

此时，一位身着长袍，腰系红布带，头戴黑包头，手提灯笼的老者庄重地走向双狮前面。秋千场上所有人的目光都聚焦在他身上，那是要静静地听他高诵祝赞词。这种祝赞词说得如何，直接关系到整场玩灯的效果和村子、主人家一年的运气，这是阿昌族玩灯舞狮的核心要义所在。只听老者手举灯笼诵道："双狮耍得喜气生，先贺皇秋后贺人，秋神老爷当堂坐，送子送福到本村，天顺地顺万事顺，风调雨顺享太平，自从双狮贺过后，阖寨家家清吉四季春！"随着祝赞词的落音，围观者响起"沾福了"的附和声，秋千场又欢呼雀跃起来。

狮子舞后面接着会表演一些传统节目，有"使春牛""上茶山"等。戴着面具的"笑和尚"和调皮猴子，穿插其间做着各种滑稽好笑的动作，妙趣横生，让观者忍俊不禁。在活灵活现的演出中，教

舞狮

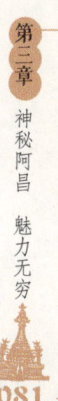

育人们崇尚仁义礼智信，尊天道，守人伦，做人事。

　　梁河芒展村的狮灯较有名，新中国成立前就多次被土司爷家请去表演，他们精彩的表演得到过土司爷的高度赞赏，成为当地的一种殊荣，至今还被人们津津乐道。这几年各级政府经常组织文化活动，舞狮表演成了重要的内容之一，每次观看他们的表演，都是一次美的享受。

第四章
人文蔚起　灵秀之地

自古梁河多才气，赓续传承写篇章。从恢宏的南甸宣抚司署建筑群到充满现代气息的南甸坊，从民国代总理李根源到现代星罗棋布的各类人才，从久经逝去的过往到触手可及的当下，梁河这块神奇的土地养育了一代又一代的弄潮儿，催生了许许多多感人肺腑的故事。

走进傣族故宫
——南甸宣府司署

有着170多年历史的南甸宣抚司署位于梁河县城中心,是我国保存最为完整的傣族古建筑群落,有"傣族故宫"之称。其建筑雄伟,内涵丰富,曾作为梁河县政府所在地而得以完整地保存下来,1996年被国务院列为第四批全国重点文物保护单位(国家级AAAA文物保护单位)。走进南甸宣抚司署,便走进了古代"土皇帝"的生活,在历史的痕迹中感受岁月的沧桑与命运的起落。

在美丽的梁河县城中心,有一座森严静穆、古色古香的宫殿式衙门,这就是有"傣族故宫"之称的南甸宣抚司署,梁河人熟识的土司大院。这座衙门建于清咸丰元年(1851年),是傣族近现代历史的代表性建筑,也是目前全国保存最完好的傣族土司衙门。1996年11月南甸宣抚司署被国务院公布为第四批全国重点文物保护单位,国家级AAAA级旅游景点。

派演南京二十八传

追溯历史河流,梁河古名为南宋,东汉属永昌郡,元代设南甸军民总管府,自此称为南甸,并开始建立土司制度,土司成为统领地方的政权。明正统六年(1441年),第十二代土司刀乐临因参加明军平定麓川岳凤叛乱有功,加封至三品宣抚使,极大地提升了土司荣耀,使宣抚使成为当地少数民族的首领,具有生杀予夺

土司大院大门

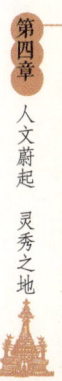

的大权，掌管地方武装等国家机器，成为让人敬畏的"土皇帝"。其管辖范围东至蒲窝 120 里与潞江司为界，南至杉木笼山顶 120 里与陇川司为界，西跨干崖司和盏达司，直达伊洛瓦底江 450 里与勐养为界，北至半个山 80 里与腾冲为界，辖区范畴约有现在德宏州 2 倍。"幅员广阔，为三宣之冠"（指南甸宣抚司、干崖宣抚司、陇川宣抚司）。清朝时被奉为"十司领袖"，在西南边陲影响力很大，特别是民国时期，第二十八代土司龚绶的许多女儿都嫁给了周边土司，因此，龚绶又被称为土司"总丈人"。

南甸土司有刀、龚两姓，刀姓始于元朝。元朝末期，世居南甸的傣族部落首领，配合朝廷讨伐攻打元军的缅军，建立战功后赐姓为"刀"，取名刀贡猛，开始了南甸军民总管府统领三司的士官生涯。洪武十四年（1381 年），明军入滇，贡猛归附明朝，从百夫长升为千夫长。洪武十五年（1382 年），贡猛升任南甸知州，于明正统九年（1444 年）被中央封为宣抚使。1912 年，辛亥革命后，第二十八代土司龚绶为表明自己的政治立场，上书国民政府，表示其先祖为随明军南迁的汉族，陈请全族由"刀姓"改为"龚姓"，恢复汉人身份。由此可见，

土司"龚姓"的时间并不长。民国时期,南京国民政府在梁河成立设治局,局长由上级的指派汉族官员担任,称为"流官",与土司共同管理当地事务,形成"土""流"并治态势。1950年,龚绥成为新中国的一员,刀龚土司共传袭28代,历时552年。

土司的官阶原为正四品,清朝皇帝特准其为三品官职世袭,其职权大致相当于现在的省部级。至今,南甸宣抚司署内还保存着一些珍贵的历史文物,如銮驾仪仗、清王朝赐给的官服、大印,以及部分公文资料及日常生活用具等,在一定程度上反映了土司政权的基本生活状况以及政治、经济和历史文化。

在德宏土司中,最为大众所熟悉的当数第二十八代土司龚绥(1891—1969年),原名刀槭春,字印章,为南甸宣抚使。其人精明、灵活、机变,既有地方政权那种为谋求统治利益而敢于应用手

清政府敕封南甸宣抚司的领袖牌匾

段的胆识和谋略，又具有顺应历史潮流、家国共建的伟大情怀。辛亥革命后，龚绶主动上书，呈请归附民国政府。1949年新中国成立后，龚绶接受共产党的领导，成为中华人民共和国的一名合法公民。1952年当选为梁河县首任县长，1953年被选为德宏区副区长，后德宏区改为德宏州，龚绶任副州长。1955年被选为全国人大代表。其子龚统政生于1921年，就读于昆明南箐中学，1940年袭土司职位，抗战期间被任为滇西边区自卫军第二路军大队长，1945年入重庆国立边疆学校学习，1949年返回梁河。

土司大院第一院正堂

恢宏建筑立南疆

南甸土司衙门并非一开始就建在梁河县城，元朝时期至明朝初年在蛮林（今曩宋阿昌族乡），又名老官城，至今还留存遗迹和祖墓。明正统年间"三征麓川"后，辖地范围不断扩大，司署驻地迁至南甸坝蛮干团山（今九保太平寺）。清朝乾隆三十一年（1766年），朝廷派兵征讨缅甸，南甸境内不断增兵，繁重的苛派使司署内财源枯竭。后驻防陇川兵马因遇暑瘴退驻南甸，将骄兵横，百姓苦不堪言，司署连日断炊。驻军欲谋司署衙门为所用，为摆脱困境免遭凌辱，土司及族属合议后迁至遮岛后山那峦坝（今九保阿昌族乡），更名为"永司署"，意为永远安定之意。但永安城也未能长治久安，咸丰元年（1851年），因百姓不满苛捐杂税繁重，遂联合进攻永安城并放火烧毁了"永司署"，土司被迫避居南甸坝，即现在的南甸宣抚司署。

南甸土司大院占地面积10625平方米，建筑面积7780平方米，为第二十五代土司刀永安开始建设，经过三代土司的不断扩建，至咸丰元年（1851年）完成。南甸宣抚司署采取汉式衙门布局，分为五进四院，由4个主院落，10个旁院落，47幢149间房屋组成。由大门而进，宣抚司署分为大堂、二堂、三堂、正堂，一进四院，逐级升高，内有花园，经书房、小姐楼、戏楼、厨房、粮库、马房、军械库、烟房、监狱、学堂、用人住房等，鳞次栉比，主次分明，是国内傣族建筑的代表。各大堂均为五开间木架结构，房屋规划整齐，粗梁大柱，飞檐翘角，雕梁画栋，透雕门窗，八方砖铺地，两侧有月拱门，回廊院院相通。这幢宫殿式建筑坐东南朝西北，背靠铓鼓山，面向大盈江，严格遵循汉式枕山环水的风水文化。如此宏大的建筑在全国土司府中也不多见，是目前全国规模最大，保护最完好的土司衙署之一，被称为"傣族故宫"。

❶ 梁河土司大院
❷ 土司大院第四院正堂

　　这座兴建于清朝后期至民国初年的土司衙门，因为二十世纪六七十年代作为梁河县政府办公用地而得以幸运完整地保存下来。其建筑群有多大呢？曾经有人这样形象地说：每年除夕夜，土司府都要开财门，每开一道门说一句吉祥话，从天刚黑就开始，等到全部财门都打开后，天已经蒙蒙亮了。

　　司署大门为土木结构，中高两低。正中的大门过去只有遇到土司出巡或者重要人物到来才会在礼炮和号角声中缓缓打开。两旁的小门，左为生门，右为死门，生门供人们日常进出，死门只有被判处死刑的囚犯才会使用，因而右门常闭不开。大门顶部，一对龙头鱼尾被称为"鸱吻"的神兽高高翘首在两端。形象威猛的"鸱吻"是传说中龙的九子，具有镇宅辟邪的功能，在汉式的宫殿建筑群中极为普遍。大门正上方一行楷体匾牌，上书"世袭南甸宣抚使宣抚司署"，标明了这座房子的主人身份。

　　第一院，由正中的公堂和左右两厢房组成。厢房右侧的牢房是一幢三开间的土木结构小屋，是在原地模拟建造的。

土司大院一角

其中的一开间是关押重犯的地方，四边有栅栏，留有门道，供犯人出入，房内有卡脚枋、四枋枷、鱼尾枷和铁链手铐等刑具；另一侧是轻犯住处，四边无栅栏和刑具。与牢房相对的左侧厢房分别是茶库房和巡捕房。茶库房有二人至四人，专门供应司署内所需要茶水，另外充当炮手，鸣放礼炮，兼打扫清洁等；巡捕房里主要居住勤杂人员。据说民国末年，在这里的三班六房人员多达六十六人，专门处理各类杂事，由此可见当年土司衙门内的事务之多。中间是土司审案的公堂，为第二十六代土司刀守忠所建，距今已有一百五十多年的历史，中梁上依稀可见当年建造者记述的墨迹，其中两次间是旁听室和通道，抬头可见"卫我边陲""南极冠冕""南天锁钥"等匾，这些牌匾意味着南甸土司为保卫边疆抵抗外来入侵做出过巨大的贡献，同时也宣示了南甸土司在这块土地上的权力。公堂墙上有一对雕刻精湛的御扇牌，呈芭蕉叶形，雕刻着象征地方土司的傣族塔式建筑以及展翅的孔雀；左右各有一把万民伞，用于出游遮阴，有福星高照万众臣民之意。公堂桌上签筒、笔架、朱砚、惊堂木一应俱全。堂后壁六幅麒麟格子门屏风是四品官的象征。整个公堂非常威严，上有雕龙画凤的穹顶，精工细作；左右两侧排列着象征着威严和官品的仪仗。仪仗的排列是相当有序的，即肃静、回避、龙头朝前、关刀随后、金瓜、钺斧、朝天蹬、安民、除毒、一手掌乾坤。据说这是明朝皇帝赐封给土司的，它除了代表着南甸土司有朝廷授予的权利和义务外，还可以建立自己的军队，享有生杀予夺和绝对的贵族权，其实际拥有的权力已经远远超过一般的四品官员。审案桌下放有链条、手铐、大小戒枋、老虎凳、鱼尾枷等刑具。平台前圆形拼花石墩，是专供犯人和击鼓喊冤者下跪用的。大堂左侧置喊冤鼓，整木镌制。站在公堂上，当年土司审案的威严犹然于眼前。

第二院，会客厅。"十司领袖""南天一柱"的两块牌匾彰显出南甸土司雄踞一方的霸气，墙壁挂着山水名画，地面置放着精雕八仙桌。此处还有军械库和属官班住房。军械库也叫作军装房，主要负责购买枪支弹药，兼修理武器；楼上住着守军械的兵丁，属官班住房，相当于现在的办公室，由十二个被土司提为署职的办事人员组成。

第三院，穿过威严的太阳门，是土司的三班房、议事厅。由第二十七代土司刀化南所建。议事厅因为建盖之初得到过老佛爷的指点，当太阳东升照耀在这座形似太阳的圆形门时，会看到两个太阳重叠的影像，一度被赋予神秘的色彩，平时用红黑两面的垂帘遮挡，只有要人物或钦差大臣到来时打开。妇女和品位不够的官员也无权出入这道门。这里是南甸宣抚司召集其他土司头人来此会盟、议事及接待上级官员的地方。1950年5月，梁河、盈江、莲山工委书记、122团政治处主任张琦、土司龚绶、盈江土司刀京版、莲山土司思鸿升等各地要员就曾在此召开重要会议，共同研究探讨边疆民族地区的政权移

交和建设问题，展厅里还存有当时的珍贵照片。右厢楼原是"三班房"，即站班、吼班、承审班住的地方。左厢楼上是专供土司和眷属看戏的，形似包厢，楼中为土司、印太、左儿子、右女子专座，侧厢楼檐为官员看区，地面为百姓看区。这里曾上演过日本的无声电影，盈江土司刀安仁组织的傣戏班、腾冲玉麟班都曾经在这里演出过。戏楼右厢楼除看戏外，曾做学堂使用。这所土司大院内有学堂两所，有子弟学堂和平民学堂，是土司在民国末年前办的私塾学堂。土司重视教育，第二十八代土司龚绶的两位堂弟就毕业于日本早稻田大学。学堂外面是一个可容纳千余人的大练兵场，土司每年都有"霜降操练"的习惯，操练时调来各路兵勇，练习跑马射箭等技能。

　　第四院正堂。是整个建筑群最精华的部分，亦称"正立春秋"大殿，由第二十八代土司龚绶所建，是土司和其家眷的住所。这里供奉着历代祖先的画像及其官衔牌。摆设精华，用材也最讲究：正殿用栗木建造，左厢椿木，右厢楸木，没有一根杂木。这三种树木是梁河县境内最优质的木材，以每种树名相连，便成了"正立（栗）春（椿）秋（楸）"，谐音为"正立春秋"大殿，寓意江山永固。左厢是书房，右厢是账房。右院是当时的护印府，是土司胞弟

土司大院一院正堂

的居住地，院落格局和摆设非常齐全。左院是小姐楼，也称为八阁楼，是土司女儿居住的地方。住房后院是专供土司休息习武的后花园，坐禅诵经是土司每天早上的必修课。书房、账房两厢的楼廊和彩色玻璃来自遥远的英国。在当时不通公路、没有汽车的情况下，这些新式材料由马帮从缅甸一块一块驮运而来，造价之高昂可见一斑。正殿檐柱前六个"金瓜吊葫芦"雕件精美无比，方寸间雕刻《水浒传》一百零八将，当年雕刻的原件在风动时会如走马灯一样地转动，工艺极为精湛。

司署楹联闪文光

南甸土司与中央王朝往来密切，在经由"南方古丝绸"之路的数次朝贡中，他们除了将西南山货土产送到中央外，还以强大的实力将中原文化和艺术带到边陲之地，让这些蛮昧之地散发出艺术的光芒。南甸宣抚司署镌刻的楹联，就是中华文化的一种象征，其文化内涵深刻而丰富，值得好好品味。

大门口两柱上的楹联："宣化万民群生咸遂，抚绥四境百姓为心。"对联各取前一字组成"宣抚"官阶，道出了南甸土司希望执政期间众生皆好，一切心愿各得其所，为官当将百姓放在心上。

公堂为审理案子的场所。其联曰："执法本如山凛五听三章常深冰惕，官心原似水愿八方九撮莫作波澜。"表明了南甸土司执法如山，官心似水的决心，以及情与法的区别，但愿内外八方和九撮村寨百姓不要违法，不必受严惩。突出强调了法律的威严，强调为官者要秉公执法，不能存有私心。

会客厅上的楹联："政绍周南喜大江内外野夷熙熙向化成乐土，春日禹甸愿两山东西黎庶济济安生共有司。"此对联同

土司大院审判厅

样巧妙地将"南甸"地名融入其中,意为在中央政权的领导下,以道德礼仪教化百姓,使边疆人民安居乐业其乐融融,把家乡建成乐土。春回大地,南甸黎民百姓济济一堂,生活安定,服从土司统治,安享幸福生活。此联反映了土司爱民如子,希望辖区稳定百姓安康的美好心愿。

军装房的楹联既现实又充满哲理性:"偃武修文唐虞盛世,此矛彼盾叔季人情。"意思是应该停止武斗,提倡文教,争取开创唐尧和虞舜那样的太平盛世。

戏楼虽小,但楹联却耐人寻味:"不大点地方可家可国可天下,只几个角色能文能武能圣贤。"横批:"高台教化。"这副对联寥寥数语道破了在戏台方寸之间演绎的家国天下大世界,只几个角色便能转换文武圣贤,高台看戏唱戏思想亦能得到教化。

议事厅本就是建筑群的核心,其楹联也非常有看点:"沙坝夕阳多听河东樵唱睹河西晴岚遮岛弦歌声澈澈女织男耕甸属彝民敦雅

化，盈江春水涨燃新寨鱼灯坐新城夜月左营烟柳袅丝丝文修武偃腾冲古郡乐升平。"这副对联用南甸的地名互相映和，生动再现土司属地多姿多彩的民俗风情：沙坝看夕阳，听河东山的樵夫唱山歌，河西山林的云雾缭绕，遮岛的琅琅读书声不停，男耕女织民风淳朴。大盈江的春水上涨，新寨百姓在河里点亮鱼灯，坐在衙门口的夜月下，仿佛能看到左营的柳丝在迎风摇摆，反映了没有战争、提倡文教后的人民安居乐业的场景。

在正堂上的楹联："派演南京廿八传践土分茅绵燕翼，泽流甸服一万里国恩家庆荷天休。"联文嵌含了"南甸"地名，表达了南甸土司一族感恩受封南甸世袭为官已有二十八代，这是祖宗为子孙谋略的结果；承蒙君王恩泽惠及边关南甸，这是国家给予的恩典，整个家族感到喜庆，为此感恩戴德。

这些楹联颇有修身立命、忠君报国的励志作用饱含对家园故土的热爱，表达了"以民为本天下公、为官执法须尽忠"的儒家治国的传统观念。南甸土司祖上跟随中央政府征战边境，深受中原文化影响，形成了深邃的文化内涵。司署楹联是中华文化的传承，展示了历代土司发展进程中政治、经济、文化、社会的亮点，折射出华夏文明的光辉，细细品味，给人许多启示，其精华部分，值得借鉴品味。

南甸傣族小故宫，一段尘封的岁月，一部浓缩的中国土司发展史，展现了中华文明的博大精深与边疆民族地区的勤劳智慧，引领着人们进行不断的思索与探寻。

"守镇边陲"匾额

三宣之冠
——几代土司逸事

> 南甸土司属边地三宣之冠,是雄霸一方的"土皇帝",在长达数百年的统治中,留下许多奇闻逸事,叙说着一方"土皇帝"的胸襟与谋略……

南甸土司是封建制度的产物,是南甸土司祖辈跟随历代"土建皇帝"打下来的地盘,其"南甸宣抚使"属边地三宣之冠,是雄霸一方的"土皇帝"。在长达数百年的政治军事统治中,留下了许多鲜为人知的故事,叙说着一方"土皇帝"的胸襟与谋略。

百象大战

葫芦口位于梁河与盈江交界处的大盈江东岸,是南甸通往盈江的重要通道,也是昔日兵家必争之地。蒙古至元十三年(1276年),南甸辖区抵达缅甸伊洛瓦底江,当时缅甸的蒲甘那罗梯可波王忌恨元朝政权,遂派大将多罗伯及裨将五人,率兵窜入盈江一带,准备进袭大理。

元朝廷闻报,派遣大理万户忽都、大理总管信苴日和千户脱落脱孩等领兵进驻南甸,双方布阵于"小梁江"两岸,南边蒙古军全副武装,威风凛凛立于战旗下,随后是一群傣族亲兵。江北蒲甘兵披挂整齐,黑压压的一大片,前面是骑士,尔后是象队,再后面是步兵。且说这象队非同一般,号称百象之师,每只象背上设有战楼,四方装有二尺高的围栏,象身上挎有两个大竹筒,内有箭和长短枪数支,一个个战士披坚执锐端坐其中。队伍来势凶猛,令蒙古铁骑不战而栗。忽都见此阵势说:"贼众我寡,不能硬拼,当先冲破河北之军,我亲率281人骑马渡江北上,信苴领兵顺河而上,脱落脱孩领兵187人正面佯攻。"这时酋长贡禄站上高台说:"且慢,大象乃我边地巨物,其皮厚且坚,普通箭矢难以射穿,反会逗发其野性,冲斗力越强人越不能接近。"这时大家你一言我一语地议论开来,但谁也说服不了谁,正当大伙争论不休时,贡禄又说话了:"大伙到山箐中找'火草'(一种易燃的草),用它绑在箭头,燃着后不会被吹熄,而且风越吹火势越旺。"大伙听了后拍手称快,迅速分头准备去了。

"小梁江"就是现在的大盈江,在梁河段干枯季节骑马可渡。下晚蒙古军悄悄地过了河,双方展开了激烈的交战,顿时刀光剑影,杀声震天,河岸上沙土飞扬,蒲甘军防患未及,一时乱了阵脚,兵找不到官,官领不着兵。象队更是不战自乱,蒙古军的火箭一起射向象群,象楼起火,火星烫到象皮之后,大象活蹦乱跳,前蹿后踢,把象楼上的兵丁踢倒在地,象鼻子乱甩,象如陀螺般转来转去,没等倒地的兵丁爬起,不少人便被大象踏成了肉泥。一番砍杀之后,缅军四处逃窜,蒙古军一鼓作气突破了敌军十七营地,追出营地三十余里。寂静的山洼之中尸横遍野。次日忽都军继续追击缅军至盈江。十月,云南派宣慰使都元帅纳剌丁率蒙古军及傣族兵、阿昌族兵向西挺进,直抵缅甸伊洛瓦底江,攻占了江头城,当地掸民纷纷归附元朝。

保家卫国的小梁江战役宣告结束,蒙古军凯旋,南甸贡禄因参战和献计有功，获重赏并赐"刀"姓。元至元二十六年（1289年）设置南甸军民总管府，统领三甸。

三宣会盟

　　明朝"三征麓川"之后，思机法逃往了缅甸勐养，居木邦，但明朝对麓川的防范、招降、擒缉一直没有停止。为了分化钳制麓川，在国内分别设置了芒市长官司和"三宣"（即南甸、干崖、陇川）司。明朝廷命令南甸土司派遣士兵前往缅甸与木邦共守。所以当时南甸土司辖地最广，西北越过盈江司，直抵缅甸伊洛瓦底江。后来，明朝对西南边疆土司区统治衰弱，缅甸王朝蠢蠢欲动，经常与木邦（今缅甸北掸邦）、勐养（今缅甸克钦邦境）发生矛盾。为了防范缅甸西侵，南甸、陇川、干崖土司于明正统十年（1445年）三月十五日，在南甸勐连寺举行会盟。

　　勐连寺，坐西向东，隐藏在竹林丛中，香烟缭绕，从寺内飘溢出阵阵清香。一块黑底金字的"护佑边陲"大匾悬挂在三开间中梁上。院内有一棵合抱粗的大青树，把整个小院遮住，小院周围有"金刚簪"做墙，人畜不敢入内。院内人头攒动，聚百余人，站在前排的便是南甸宣抚司刀乐硬、南甸土知州管源、陇川宣抚司多光福、干崖宣抚司刀怕硬、干崖把文进管佐、腾冲指挥使管俊。

　　这天是傣族祭寨神的日子，人们认为寨神是一个寨子的守护神，选此日子来"三宣会盟"，可谓一举两得。祭寨神，首先要在大青树脚搭一个小茅棚，先用活猪、活鸡祭献，傣族称为"领牲"。"领牲"完毕，祭官捧着盟书庄严念叨："盖闻连盟本义，颜真卿抱额饮血洒泪兴师，晋温峤勤王之略，况当离乱，誓言宜甲，今属邻封，唇齿尤切，拨乱而返治，勠力以同心，慨我各姓，自遭叛缅，或受其蹂躏，或经其挟持，莫不痛心疾首，共切誓仇，纠合同属，而城池未得复，祸乱亦然，唯恐结盟之生，莫收漫漶之心，爰集同人，重申旧约之好，一司有警，各司赴援，近则御城以冲锋，远则行途而截死，捍患分灾，扶危救困，不待告急之文，不争报酬之礼，闻风即至，退后在革除之列，争先受优劳之礼，从此连众志以成城，进可攻而退可守，以辅车为固，修地利兼人和，不但保卫疆守之永安，砥砺之铭，或克服城垣，稍展屏藩之职，刑牲歃血，贻誓神明，垂训子孙，永守勿替，有逾此盟，神天监察，所愿一体相连，浑如手足，千金不易，照若日月毫光，无畛域之分，互为掎角之势，庶奠苞桑于磐石，而挽乱世于升平也。"

念毕，大伙把活猪、活鸡杀洗净又到茅草屋中祭献，这叫"现白"；然后，把猪、鸡煮熟又献，这叫"回熟"。这时，印官把开列好的盟书，每人一份发给在场的各位头人。众人将盟书举过头顶，跪拜天地后，喝下一碗象征结盟立誓的鸡血酒，用手拈着食用猪肠肚饭，谓之吃"花牲"。饮食完就算真正的盟友了。通过这种古老的会盟仪式，将三宣之内的人们的命运连成一体，共同守护着边陲的安定与繁荣。

"三宣会盟"在抵御外敌、守卫疆土中发挥了积极作用。盟约原稿至今尚存，成为边陲历史文化的重要见证。

征讨岳凤

宣抚司在土司等级中居中，上是宣慰司，下是安抚司。以上三个机构均属中央政府分封的武职，有"守土为职"的镇守义务。在土司中"一方有难，八方支援"这一规定，早在明朝征讨陇川岳凤时，就成为土司践行盟约的体现。

明万历元年（1573年）前后，缅甸洞吾王朝二世王莽应龙侵扰边疆，屡次邀约陇川宣抚司多士宁向内地进军。多士宁誓死不从，缅因固不得逞而恨之入骨。明万历五年（1577年），陇川来了个江西商人叫岳凤，此人黠而多智，取得了多士宁信任，多士宁便把自己的妹妹嫁予他，交往中亲如手足。

土司用餐，什么人能与之共餐有严格的规定。陇川土司大院每天约有十桌人就餐，但分地点摆席。人虽多，但并不热闹。有一天，土司多士宁和岳凤吃饭，被岳凤毒死，其妻儿亦被杀。岳凤篡夺了多士宁的江山，他穿上朝服，登上了陇川宣抚司的宝座。后来他继续侵占干崖、遮放等地，他怕朝廷来征讨自己，便投靠了缅甸。后来岳凤为缅洞吾出谋划策控制了百夷之地。

万历十年（1582）冬，缅甸莽应里偷袭了南甸宣抚司署，掳掠了南甸土司刀落宪、盏达刀思定，收缴了土司官印，没了大印的司地天下大乱，疆域被人占领。缅甸的势力越来越嚣张，虎视眈眈地看着内地腾冲、永昌、大理等地。这样的局面惊动了朝廷，遂派腾越游击将军刘铤、永昌参将邓子龙前来征讨，途经南甸司地，南甸土司刀乐需率族属头目刀乐赛、刀贡劳、管光先、管光治会同干崖士兵随师南征。

邓子龙等五个兵队浩浩荡荡行至攀枝花，士兵们马不停蹄地干了起来，垒墙、挖壕沟（注：不是当今的战壕，而是就着山沟劈断人行之路）等等。说来也巧，不一会儿，一队缅兵爬入了伏击区，他们有象队、有马队、有步兵，行动十分缓慢。靠近时，邓军一声吼，先是巨石落下，后是伏兵冲出，杀得缅军阵脚大乱，活捉无数缅兵，获大象三只。随后，邓军追到了腊第一个叫"夹象石"的地方。这地方很是险峻，它是由两块巨石高耸相对，高三丈，宽仅三尺，仅能一人通过，得侧身而行，两旁是万丈深渊，无路可走。人都艰难通行，何况是大象之身、大队人马？邓军共斩首级五十一颗，获战象一头，后又攻克了蛮哈一带。

邓、刘两军稍加休整后，分两头行动，刘铤军从杉木笼隘过，完成捕拿内奸岳凤的任务。邓军从坝尾直上，截住岳凤退缅甸之路。后来刘、邓两军会合，把陇川城子围了个水泄不通，护城外人头攒动，喊声、吼声混响一片。明军喊破嗓子也没人听懂他们说的意思，因为他们大多是傣族兵，岳凤也丝毫没有投诚的迹象。这时，南甸土司刀乐临说："将军，让我来试试。"他把傣族兵调到队伍之前，把枪刀矛子碰击得很响，用傣语很有节奏地大声向城内喊"岳凤出来，当内奸没有好下场"，岳凤只好从城内丢出了矛和盾等，举手投降。明万历十二年（1584年）年，土司刀乐临又随刘铤乘胜追击阿瓦，奉命招抚蛮夷，在这次征讨中，南甸傣兵立下了大功，得到许多赏赐，也为南甸成为三宣之冠奠定了坚实的基础。

鱼大碟小

南甸第二十八代土司龚绶刚登上世袭土司的宝座，就赶上了中国废除帝制，眼看五百多年的世袭官位就要结束，实在心有不甘。但民国政府推行"改土归流"政策势在必行，又让他如鲠在喉。

1912年的一天，云南省国民军第二师师长李根源西巡到腾冲，他把边地土司头人召集到腾冲商议"改土归流"之事，龚绶对同行土司说："由流官变县佐，与民水火不容……"因他是边地"十司"领袖，大家都看他脸色行事，认为他说得对，最终"改土归流"会议没有任何结果。李根源为此大伤脑筋，最后他想出一个绝招，就是将龚绶调离梁河，任顺宁协镇。第二天一早，他把龚绶叫到腾冲县衙，在会客厅内对龚绶说："尔雄才大略，智慧超群，现调你为顺宁协镇……"可还没等李根源说完，龚绶急急站起，推诿道："吾乃夷人，那里生那里长。再说家母年迈，不宜远游，此番好意领之，领之。"一席话谦恭有礼，使李根源无可奈何。李根源想，既然龚土司如此顽固，就只有从家乡九保的归属下手了。于是1912年之后把九保划归腾冲城堡，只有与南甸同族同姓的傣族聚居区户街巷乃属土司管辖，为此龚绶十分着急。他想自家五百余年的统治，可今日却让辖区九保成了"飞来地"，岂不是对自己政权的削弱？为此，他总想着整治整治对方。

机会说到就到，这天早上，李根源从腾冲回九保探亲，随便到土司衙门走访，一番寒暄后，龚绶便热情地留李根源吃饭。双方按宾主席位坐定后，龚绶拍拍手，仆人们便一样一样地把菜端了上来，每上一道菜便向李根源介绍菜名、食材来源等等。席至正酣，只见一仆人端出一个供盘，盘中放一碟子，碟中放一条煸烩鲤鱼，首尾皆出碟外。龚绶道："不知李总长驾到，有失远迎，此鱼专为李总长所做，敬请品尝！"李根源抬头一看，只见这鱼活色生香，材料搭配得当，令人垂涎欲滴。正欣然间，只听龚绶在一旁解释："这鱼，在我家弄么塘子养大，鱼太大，只是碟子小了些，不过还好，它终归还是装在碟子里。请，请搛……"李根源一听土司话里有话，已深知龚绶用意，略一扫巡，便有了应对之策。李根源说："我从小在乡村长大，喜吃土蜂和螺蛳。"说着，便拿起筷子专搛土蜂和螺蛳吃。土蜂的"土"字和螺蛳的"蛳"字连起来，不就是"土司"吗。龚绶看在眼里，恨在心头。一顿饭成了两人心照不宣的"鸿门宴"。此后民国政府推出的"改土归流"也因地方官的阻挠而成了"土流并治"。

清朝四举人

与腾冲一衣带水的梁河，自汉朝以来便不断受到中原文化的影响，养成了尊师重教、劝课农桑、推崇科举的传统，促进了中原文化在边疆民族地区的弘扬光大。特别是清朝道光八年至十五年（1828—1835年），短短七年时间竟有四人考中举人。在读书人凤毛麟角的年代，四举人书写了边疆民族地区的科举传奇，其难度堪比现代一所高中每年有十几人考上北大、清华。

梁河由于接近腾冲，腾冲文化人入梁河较多，受此影响，文化底蕴相对深厚，汉族同胞即使与当地少数民族杂居一村，汉文化仍然取得了丰硕成果。清道光八年至道光十五年（1828—1835）的七年间，梁河境内就有4位学子考上了举人，可见当时的汉文化教育在梁河发展的盛况。

第一位，尹开文。尹开文是萝卜坝芒东村人，有兄弟三人，开文排行第二，道光八年（1828年）考取戊子科举人，是南甸土司辖区中举第一人。因到腾求学多年，耗费大量银两，导致生活窘迫，虽考取举人，却再也无力继续求学，只留得道光戊子科举人之名。尽管曾在寨子办过私塾，却因收入微薄，壮志难酬，岁月虚度，终无诗文留存。

第二位，尹艺（1812—1867），字树人，号虞农，汉族，梁河县河西乡邦读村人，清末德宏著名诗人。尹艺家庭贫穷，但自幼胸怀大志，"虽贫不怨，虽穷不悔"，刻苦攻读，博览群书，才华和学业"因贫而益进，因穷而益宏"。成年后，个性豪爽，形貌丰满，躯宇修伟，声宏善辩。清道光十四年（1834年）考中举人，道光二十四年（1844年）获"大挑"一等，分派广东任知县，不巧恰遇母逝，在家守孝不能到任。道光二十六年（1846）后，在腾冲和顺毓秀山设馆教书，长达十年。因教授有方，为人师表，极为人们称颂。艾思奇之父李曰垓在《廿我斋诗集序》中说尹艺"四十年，以德教授予吾乡，颀长而白皙，其鬈清疏，望之则有仪可象之尹先生者最良"。

尹艺一生，酷爱诗文，著作甚丰。著有《虞农文集》十卷，《廿我斋诗集》二十卷，《劫余诗草》《文归来篇·制艺》各一卷，共三十二卷，几经战乱，多已遗失。后经尊师重教的李根源多方搜集，得六百八十九首诗，全收录于《永昌府文征》。尹艺的诗朴质无华，明白易懂，爱憎分明，光明磊落，诗如其人。在他的诗中，有游历祖国名山大川、边疆山水后的赞叹，抒发了对祖国大好河山的热爱之情；有访友、吊古之作，以表达自己真挚的感情和对历史的思考；有自己亲历战乱的真实记载《伤乱诗十二首》《悲河东》，表现了对战乱的痛恨和对人民遭受痛苦的同情。在他的诗作中，最为人们称赞的是他的田园农家诗。

尹艺的田园农家诗，表现了对劳动人民疾苦的同情和关心，对封建苛捐杂税和繁重徭役的痛恨。许多作品还描绘了边疆淳朴的民风、民俗。这些诗大都写得生动活泼、朴实无华，诗中深深流露出自己的抱负和政治理想。在《叹耕牛》中，他痛心疾首地呼出了"有地徒自枪，有天空自呼。为我诉天公，农夫之苦无穷途"的有力控诉。在《田家谣》中更是直接揭露了"官家"的不择手段"促领今年采买封，抗户捉官听者怕。还将原封输入官，三倍加偿吏未足"和贪腐成风的黑暗现实。在《农奴催加后》诗中，有力地控诉了那些为所欲为，鱼肉乡里的帮凶与奴才："全将猛虎威，假虎无所忌。"面对黑暗的社会，尹艺把自己的痛恨与不平倾注在文字里，为百姓鸣不平。他渴望世道安宁，人们都有美好的生活。他在

《我愿》诗中写道:"我愿世太平,我愿人寿孝,户户我当民,人人南山皓。"尽管明知"此境不易得",但"此心何时了"的心愿却伴随终身,成为他最高的精神追求。

尹艺才学非凡,令人赞佩。在一次宴会上,尹艺与同辈儒生们汇聚一堂,以"孔子周游列国论"为题,各抒己见。一个个儒生绞尽脑汁赋诗作对,总想博得众人喝彩,一显才华。席间竟也出了几个张口不凡、落笔生花的才子。等轮到尹艺,他一反常规,另辟蹊径,且书且吟:"孔子周游户腊撒,京芒芒,吃腺腺,巴睐肥且嫩,酸笋煮港儿,且京豪,且京劳,玉拍苏拉嘎。豪粘粘,糯米饭,哩叠叠,阿嘎嘎,康靠也哉。"吟完写完,举座皆惊,无人能解其意,更不知辞出何处,典在哪经。望着惊呆了的学友,尹艺笑道:"此不过玩意耳,并无深意,鄙人将家乡土语儿与各种民族语杂在一块,以博诸君一笑也!"遂做了解释:"户拉撒为户撒、拉撒两个阿昌族聚居地;京芒芒、吃腺腺为儿语吃饭饭、吃肉肉;巴、睐是傣族话,巴是鱼,睐是小,鱼小肥而且嫩;港儿是阿昌族语黄鳝的意思;且京劳、且京豪又是傣语,意为一边喝酒,一边吃饭;玉拍苏拉嘎里既有景颇语又有傣语,玉拍是景颇语喝下去、吃下去,苏拉嘎是傣语喝下去的意思、吃下去的意思;豪粘粘、糯米饭,意思是饭是黏黏的和糯米饭一样;哩叠叠、阿嘎嘎是感叹词;康靠也哉是本地土话,意思是去哪里了也认不得。全句译为孔子周游到了户撒、拉撒,他们受到了当地少数民族的热情款待,大碗吃白米饭、大块吃肉肉,鱼虽小但肥而嫩,还吃到了当地的小吃酸笋煮黄鳝。大家大碗喝酒、大碗吃饭,主人的热情,酒宴的丰盛,只能不停地感叹了,酒到酣处,人都不知道东南西北了啊!"如此一番解释,众人恍然大悟,笑声暴起,都为尹艺幽默风趣的行文和博学多才所征服。

尹艺的诗文,影响深远,至今梁河、腾冲一带仍传诵着他许多脍炙人口的佳作,如《劝学》:"学堂里面桂花香,花香引动读书郎。书郎读得苦中苦，苦中读出状元郎。"题《和顺元龙阁》："云水光中频洗眼，蓬莱天外更昂头。"

清咸同年间，尹艺忧国忧民，为乡民之安危而奔走，与李光焕、李珍国主持倡导训练乡民团保乡安民。同治六年（1867年）三月十七日，因组织抗击滇西叛乱，遭叛徒出卖而被害，战死于河西邦读鹅脑山。尹艺死后，尹氏族人将出卖尹艺的奸细斩首，祭于尹艺墓前，以泄民愤。尹艺之墓位于尹家老祖茔，今犹存。清代腾冲举人寸辅清书其墓志，题墓联"千古才人流痛泪，一腔忠骨卧高岗"。光绪元年（1875年）十二月，巡抚岑毓英将尹艺战死经过呈奏朝廷，光绪六年（1880年），清廷赐四品衔，抚恤金银锭二百两，受封为世袭云骑尉。

尹艺立德有才、重教育人、忧国忧民、投笔从戎，真不愧是一位清代德宏边陲著名的爱国诗人。爱国民主革命家李根源曾多次到尹艺墓前缅怀叩拜。

第三位，李沛乙。李沛乙先生是遮岛镇李家巷人，于清道光十五年恩科（1835年）中举人，授文林郎，现存诗三首：

观叠水河瀑布

银涛倾泻处，疑是玉龙奔。
空谷有声吼，阴崖无爪痕。
花翻石激浪，雨洒无埋根。
最好日乐出，霞光锁洞门。

四季粉团

不畏炎盛不畏寒，仙姿绰约气如兰。

四时留得芳心在，耻借东风斗牡丹。

春　耕

行行驴背稳，顾盼意欣欣。
野鸟催耕急，村农叱犊勤。
一年播种始，人口望未殷。
心慕田家乐，衣蓑犁野云。

第四位，尹耕（1813—1883）。尹耕先生，字子云，河西帮读村人，是尹艺的同曾祖堂弟。自幼与堂兄尹艺在叔父尹学富的私塾读书。堂兄尹艺道光十四年（1834年）中举，尹耕则于次年中举。分派云南大姚县任知县。在任期间，他公正办事，重视农耕，兴修水利，著有诗文多首，因遇起义而尽数散失。仅在尹氏宗祠存其手迹一幅："现在之福受之子孙者，不可不惜；将来之福贻之子孙者，不可不培。现在之福如点灯，随点则随竭也；将来之福如添油，愈添则愈久也。古来阀阅世家，屡叶达者，此也。史晋法语，为清朝举人尹耕字子云题。"尹耕于60岁时带家小从大姚回帮读老家，70岁去世，葬于来连村金家山祖茔。

九保古镇

九保作为南方丝绸古道上的一个重要驿站，因其历史悠久，位置独特，自古以来便是梁河对外宣传的窗口，经贸往来的聚散地。其进深悠长的街铺弄堂，古朴雅致的石板道路，琳琅满目的商品，众多风味独特的小吃，无不展示了它穿越岁月的沧桑与盛世之下的活力四射。

如今，滇西古镇九保以其深厚的文化底蕴日渐成为省内外游客争相探访的心灵栖息地。

人们记忆中的九保，街面全是古旧的土木结构的瓦房，灰黑瓦片上开满红红的蛇花，檐口下都设了铺台。与县城不同的是，九保街面要窄得多，都是寸金之地，一家挨一家，一家挤一家，足见当年之繁华。

如你在九保逗留数日，又识得一二新朋，他们自然会约你去府上喝茶聊天。那时你会惊诧地发现九保老住户的家并不算窄，其实进深很长。有的甚至有两个院落，街面铺子进去是一院，尔后是厨房；再进去是二院，尔后是正房，二院一般比一院宽敞、安静得多。这样的布局让人有一种别有洞天之感。九保人爱花，大多数人家在院子里种上花果，枝叶掩映、花果飘香，老人在院中纳凉闲聊，小孩穿梭打闹，极有情趣。

熟悉九保的人印象最深的当属一棵古树，塔一般伫立着，远远就能看见。那树就在后街那个方向，那是立于天地之间的神树！据资料记载，正是那棵古树，曾庇护过永历皇帝颠沛流离的心，

曾是一个没落王朝的"行宫"。

一棵古榕、一个小镇、一个落泊君王，竟在一个雨夜紧拥在一起，成为史册中一个风雨飘摇的段落。

九保是南方丝绸古道必经之地，因其特殊的地理位置，一直是滇西一个重要的商品集散地，店铺林立，商贾往来，驮铃叮当声不绝于耳。古镇九保，历经岁月沧桑一路守护并传承中原文化，在广漠而偏远的西南边地是十分难能可贵的。

古镇的城区布局若对弈天人布阵，非常严谨。1912年李根源先生亲手绘制《九保城区图》并印行百余幅，可惜

九保古镇全貌

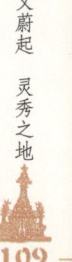

现已难觅。

古镇建有六座城门。后街的左邻门、右安街的右安门、北端的北平门、小巷的西康门、太平寺小路前的太平门，额匾书法均为李根源先生托民国政要及名人题写。其中右安门、太平门、北平门于近年进行了修缮。

古镇的古建筑有：太平寺，建于元代，山墙嵌寺名石匾为民国大总统黎元洪题写；观音寺，建于清乾隆年间；关帝庙、土主庙、万寿宫，均建于清乾隆年间；里贤祠，建于1917年。

古镇较有影响的文物是李根源故居，1993年11月被云南省人民政府公布为省级文物保护单位。另，九保人杨绍榜挖地发现上交官印一枚，经专家考证为安南州官印，为永历帝仓皇西奔时从官遗失。

为了纪念李根源先生，当地政府和九保民众齐心合力在关帝庙原址修建了根源广场。如今广场已成展示根源事迹、举行祭孔大典、美食文化节文艺展演等重要活动的场所。

广场大门额匾题字即为"根源广场"。从大门进去，首先映入眼帘的是一块巨石上的四个大字"根源故里"，随附夏新鼎关于修建文化广场的石刻文。广场占地四亩余，可容纳千余人。正面是舞台，逢重大活动，九保南甸丝竹洞经乐团的节目是必不可少的。右置一、三层圆形喷泉石鼎。走进广场的游人即刻会被左边一组雕像所吸引，稍前的是李根源先生的汉白玉雕像，人物形象器宇轩昂；之后三面围墙上的作品是《李根源的家庭教育》《李根源入同盟会》《李根源与结拜的十兄弟学生》《滇西抗战》《尊师重教的典范》《徐悲鸿先生的〈李印泉先生像〉》，其中，李印泉先生像题材取自著名画家徐悲鸿的得意之作《国殇图》部分，为先生披麻执绋为抗日阵亡将士送葬之情景。滇西抗战的人物雕像和浮雕，反映的是李根源先生鼓舞家乡民众抗击日本侵略军的情景。而李根源先生著名的《告滇西父老书》与长诗《滇西行》被后人书写石刻立于广场不远处的先生故居两侧，让世人永不忘却那一段可歌可泣的历史。

李根源先生不仅是大义凛然的仁人志士，同时也是诗书、金石大家，著有《曲石诗录》《曲石文录》《雪生年录》《九保金石文存》等。先生善书法，风格古朴。如今在根源文化广场内，家乡的有识之士将散落民间的先生的墨宝收聚拓印石刻建造了文化墙，作品主要内容有：山水名类，鳌山、叠水河等；警示类，刚正、忠孝廉洁、勤俭朴素等；祈愿类，国泰民安、风调雨顺等；诗词类。其中一首诗勾起诸多旅人无尽的乡愁，诗曰："虫声唧唧杂秋笳，搅起闲愁感物华。一夜西风吹不断，桂花如雨扑窗纱。"

　　《李印泉先生像》浮雕旁一石刻有先生一著作中的句子："九保，此余生长之乡也。"

朱德恩师李根源

1879年，出生于云南省梁河县九保乡九保街的李根源，自小便聪明伶俐，胆识过人。1909年，从日本留学回国后，便被委以重任，先后任云南省陆军总长、陕西省长、北洋政府农商总长、民国代总理，授陆军上将军衔，一等文虎勋章。参与领导云南起义，参加"二次革命"、反袁世凯称帝活动和"护法"运动，是朱德在云南陆军讲武堂就学时的恩师。李根源在抗日战争中，以督军身份发布《告滇西父老书》，对云南军都督府的建立、滇西问题的解决、边疆民族地区的治理等做出重要贡献，被社会各界称为"云南历史第一人"。

1942年初日寇突破云南省畹町国门，滇西重镇腾冲、龙陵不战而失后，63岁的云贵监察使李根源在视察保山前线时发表《告滇西父老书》。这篇正气凛然、慷慨激昂的黄钟大吕的发表，极大地鼓舞了滇西人民的抗日斗志，进一步坚定了西南人民抗战到底的决心，掀起了全国人民保家卫国的抗日浪潮，成为抗日战争史上的经典文献。

李根源，字印泉，别号高黎贡山人。云南省腾冲县（今德宏州梁河县九保乡九保村）人。中国近代著名的"民国元老"、军事家、政治家、爱国诗人、金石学家、文史学家。于清光绪五年（1879年）六月出生于梁河县九保阿昌族乡九保村一个官宦家庭，爷爷李殿琼官至龙陵千总官，祖母黄氏是大家闺秀，父亲李大茂官至腾越镇中营千总官（相当于现在正团级以上领导），母亲阚氏贤良豁达，富有远见。李根源自小就受到良好的教育，5岁开始读《三字经》《孝经》《百家姓》《千字文》《正气歌》《朱子治家格言》《大学》《中庸》等古典书籍，16岁就读于腾冲来凤书院，19岁中秀才，24岁考入昆明高等学堂，随即留学日本，先后入东京

晚年李根源

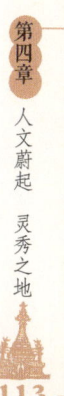

振武学校、日本陆军士官学校学习。1905年加入同盟会，是同盟会最早的37个成员之一。1906年任云南省留日同乡会会长，与杨振鸿、吕志伊等人创办《云南》杂志（同盟会云南支部机关刊物），宣传革命思想。1909年学成归国，被任命为云南陆军讲武堂督办兼步兵科教官，翌年升任总办，不久被擢升为云南军政总长。1912年与通海才女马树兰结为伉俪。1916年任北伐军参谋，次年任陕西省省长。武昌起义后，与蔡锷等领导重九起义，任云南陆军第二师师长兼国民军统领。1922年黎元洪复任总统后，授李根源陆军上将衔，一等文虎章，任航空督办、农商总长。1923年内阁改组，在新总理唐绍仪未被国会任命前，李根源代任总理之职。不久，曹锟贿选成为新总统，黎元洪遭到排挤，李根源扈从黎元洪前往天津避难，并于当年退出政坛，隐居苏州吴县达14年之久，直到抗日战争

孝忠礼廉诗拳树园
弟信义耻书射畜蔬

先考蔚然府君
治家楹语
男根源恭书
民国卅年元旦

李根源撰写的治家匾牌

全面爆发后，才又复出宦途。

　　李根源思想先进，兹事豁达善通。1909年，祖籍四川的朱德考取云南陆军讲武堂，被人举报非云南籍学生，要求取消朱德学籍。此事被时任讲武堂总办的李根源知晓，李根源认为朱德是个难得的人才，不能因为学籍限制而泯灭了一个有志青年的报国志向，遂准予朱德继续在讲武堂学习，并取消了学籍限制。从此，全国许多有志青年都慕名到陆军讲武堂求学，群英荟萃，人才辈出。云南陆军讲武堂成为全国最知名的三大讲武堂之一（与北洋陆军讲武堂和东北讲武堂齐名）。1917年，另一个开国元帅叶剑英也到陆军讲武堂求学。从1909年创办到1945年停办，云南陆军讲武堂共举办22期，培养各类军官9000余人，成为名扬海外的"革命熔炉"和"将帅摇篮"。而从陆军讲武堂走出去的朱德，在中华人民共和国成立后，历任国家副主席，共和国委员长等重要职务。

　　1949年8月，逃往台湾的蒋介石命令军统特务沈醉看守羁押在昆明的90多名爱国人士。沈醉请示如何处置，蒋介石回电"情有可原，罪无可逭"（'逭'是逃的意思），言下之意就是要沈醉杀掉这些爱国人士。时任云南省政府主席的卢汉获悉蒋介石密电后，十分焦急，遂向足智多谋的李根源寻求解决办法，李根源看过电报，提笔一挥，将电文改成"罪无可逭，情有可原"，沈醉等军统头目阅电后认为蒋介石此举恩威并施，意在威慑而不在杀伐，于是就释放了这些爱国人士。

李根源胸襟宽广，凡事礼仪为上，广纳谏言。1912年，各省逐僧毁寺，当时虚云和尚在云南鸡足山祝圣寺当住持，李根源督兵逐僧拆寺，虚云乃面见李根源，两人进行了一番辩论。最终，李根源摒弃成见，不仅不逐僧拆寺，还成为虔诚的佛教信众。

1931年"九一八事变"后，短短几个月日本便蚕食了我国东三省。1937年"七七事变"后，抗日战争全面爆发。面对山河破碎、民不聊生的惨状，李根源号召组建"老子军"，即成立一支60岁以上的老年人军队与敌厮杀。他的号召悲壮而新颖，在社会上引起巨大反响，就连98岁的复旦大学老校长马相伯也报名参加，后因各种原因，老子军未能上战场杀

李根源故居一隅

敌，但李根源赤诚热烈的爱国情怀昭显无余。1942年，63岁的李根源不顾亲朋好友"此去风云不测"的劝阻，毅然以"云贵监察使之职"赴保山前线开展军政工作。他冒着被敌机轰炸的危险，督促战斗，募捐物资，救助灾民，安抚伤员，查办贪腐，安葬牺牲的同志，演讲演说鼓舞士气。同年，日军从缅甸腊戍出发，沿滇缅公路北上，相继占领畹町、芒市、龙陵、腾冲等滇西重镇，陈兵怒江西岸，威胁昆明。李根源获悉后，上书力主在怒江设防，遏制日军东进。他说："窃以保山为滇西门户，而怒江为边疆要隘，舍此不守，必震撼全滇，影响全局。"国民政府军遂命令第11集团军司令宋希濂全权负责怒江防务，增援部队，构筑工事。5月上旬，中国军队在惠通桥一带成功阻击日军，巩固了怒江防线，阻止了日军东进。6月，李根源发表《告滇西父老书》。这篇战斗檄文激励了无数有志青年奔赴前线杀敌，影响深远。1944年，腾冲反击战打响，历经4个多月40余次战斗，歼灭日军6000余人，成功收复腾冲。

李根源志存高远，终生探索不止。1901年，22岁的李根源回到九保萧公祠私塾教书，教授学生10余人。他边教边学，两年时间读完了《云南通志稿》《滇系》《滇南诗略》《滇南文略》《滇诗词音集》《山海经》《尔雅》以及《说文解字》等书籍，并创办了九保小学和九保女子懿范学堂，为九保小学购置田产30余亩，收租金用于资助困难学生就读，在此期间还编撰了《九保金石文存》《雪生年录》。在腾冲时，他于1940年创建了腾冲第二中学（今和顺益群中学），亲任校长，并编撰了《景邃堂题跋》《和顺乡居吟》《腾冲金石目略》和《腾冲县志》。在苏州隐居期间，他开办阙茔小学，使当地贫困人家的孩子得以学习；建实验农村和成年人夜校，扫除文盲，兴修道路，修建公共澡堂，研读苏州史志文献，编撰了《吴县志》。他热爱古迹文物，深入研究各种碑石文化，编撰了《吴郡西山访古记》《凤翅园石刻集》《苏州小王山石刻群》；他在小王山上引道开山、疏泉凿石，修建亭台轩榭，种植松梅桃竹，参与建造了"万松亭""湖山堂""卧狮窝""孝经台""水龙吟"

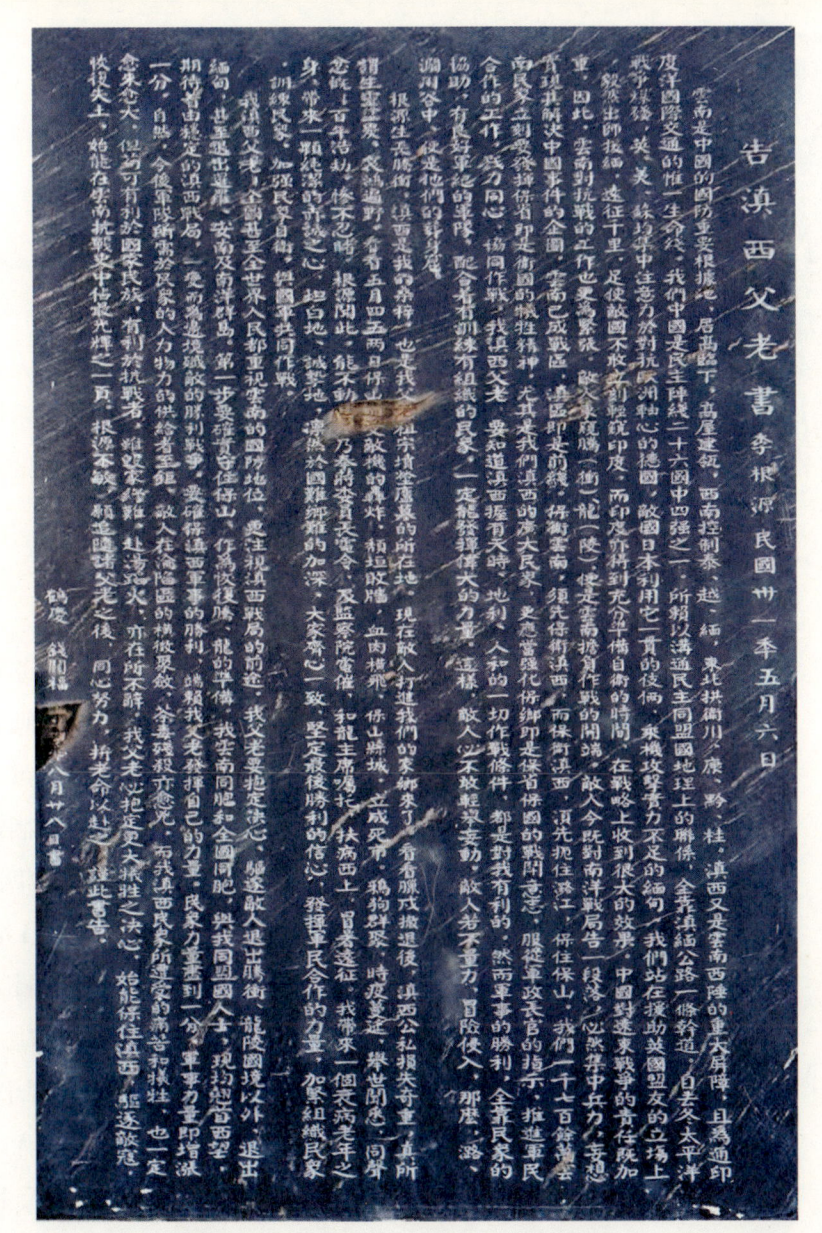

等十余景，把小王山打造成松涛如海、碧绿如翠、文化芬芳的访古胜地，使小王山声名不胫而走，名流荟萃。从 1927 年至 1936 年，章太炎、蔡锷、黎元洪、章士钊、冯玉祥、张大千等均到小王山共商国是，观景览胜，李根源被当地人亲切地称为"山中宰相"。

因心系国家，李根源以年迈之躯四次为抗日牺牲战士建造英雄冢。前两次均在苏州吴县北马山麓为淞沪会战中牺牲的十九路军将士和抗日志士进行安葬，共安葬英烈 1278 人，并写下了"霜冷灵岩路，披麻送国殇。万人争负土，烈骨满山

李根源《告滇西父老书》

香"的诗句。著名画家徐悲鸿听闻李根源在苏州两次披麻安葬抗日阵亡将士，深为感动，当即绘制《国殇图》画卷一幅。图中李根源执绋走在送葬队伍前列，满腔悲愤，一脸凝重。第三次是1942年，中国远征军二〇〇师师长戴安澜在缅甸壮烈牺牲，当灵柩运抵腾冲时，李根源亲自为戴安澜主持公祭仪式。第四次是1945年初，抗日战争胜利后，李根源在腾冲倡导建立抗日纪念馆，取楚辞"国殇"而命名为"国殇墓园"。就在"国殇墓园"落成时，他辞去了云贵监察使职务，贪成不恋贵，其高风亮节让人钦佩。

"树高千尺不忘根"，戎马倥偬的李根源十分牵挂家乡的发展。民国时期，当他看到梁河一带民生凋敝，广大山区因种植罂粟而吸食鸦片成风，百姓生活苦不堪言时，心怀天下的李根源便从省外引进优质茶叶替代罂粟种植，成为播撒"回龙茶"种子的第一人。李根源喜欢喝"回龙茶"，曾将此茶以当地特产赠予民国总统黎元洪，甚得其欢，黎总统还慨赠李根源茶诗一首："千里香茗出云南，云蒸霞蔚锁峰峦。回龙一碧愁消尽，重回青春重回巅。"李根源隐居苏州期间，也常以回龙茶待客，他是中国最早推广"回龙茶"的名人之一。

文韬武略治国道，忠孝传家成楷模。李根源父亲早亡，是母亲又当爹又当妈地把他们姊妹几个抚养长大的，因此，李根源自懂事起就为母亲分担家务。16岁外出求学后，他与家人聚少离多，觉

李根源故居大堂

得十分亏欠母亲，内心常怀不安。他隐居苏州时，寓居十全街，因母亲姓阙而将住所改为"阙园"。每天床前请安，为母亲整衣叠被，驱蚊纳凉，直到母亲就寝。母亲患病，李根源亲自侍弄汤药，坐守榻前，唯恐有失，稍有空闲，便会带母亲郊外踏青，登临览胜。1927年，母亲去世，他将母亲葬于苏州城郊小王山东麓，泣血作诗"父兮生我，母兮鞠我，拊我，蓄我，长我，育我，顾我，出入腹我，欲报之德，昊天罔极"。特建枫木堂、湖山堂，以寄托对母亲的感恩思念之情，并立下誓言："庐墓守孝终身，初一、十五为母吃斋；将子嗣一人改姓阙，终岁居山，守灵读礼。"每逢清明或母亲忌日，必扫墓哭拜，常常晕厥在地。章太炎感叹："像李根源纯孝者，世间殊无几人！"

中华人民共和国成立后，已是古稀之年的李根源应中央人民政府邀请，于1950年进京任全国政协委员，住北京绒线胡同70号，以衰弱年迈之躯撰写《回忆辛亥革命前后》，为人民政协文史工作尽最后的力量。1965年7月6日，86岁的李根源病逝于北京，他的学生——时年80岁的共和国委员长朱德为其治丧。按照李根源的遗愿，将其安葬于苏州吴县小王山永陪其母亲。

纵观李根源的一生，他志存高远，一心为国为民，早期赴日留学，回国后纵横捭阖，运筹帷幄，虽是民国元老，权贵核心，却始终情系人民。他一生经历了许多重大历史事件，扮演了重要角色，发挥了重要作用，始终以坚韧的意志勇往直前。为官，他拜上将军，官至民国代总理；为人，他真诚友善，豁达开朗，重情重义。他是官场达人，邻家长者，儒雅挚友，其铮铮铁骨和非凡胆识给人留下深刻印象。楚图南称他是"有为有守切时望，亦文亦武胜匹俦"，著名民主爱国人士缪云台评价他是"吾滇近代贤哲中最值得敬佩之一人"，而当时的政界名流和社会各界却公认他是"云南历史第一人"。

李根源广场

梁河特委：边疆德宏的第一缕红色曙光

梁河特委是在中华人民共和国成立之初边疆民族地区的基层党组织，也是德宏地区的第一个党组织，在特殊时期赋予特殊的使命，犹如一缕红色的曙光，把边疆民族地区梁河的天空照亮。

民国时期，德宏分属10个土司和国民党6个设治局管辖。由于长期受封建统治阶级和国民党反动派的残酷剥削，生产力水平低下，群众生活十分困难，特别是随着蒋家王朝的倾覆，国民党军中的一些残兵败将也流落到德宏，将这里视为"最后的避难所"，与当地土豪劣绅和土匪相互勾结，陷人民群众于水深火热之中。

1949年10月1日，中华人民共和国宣布成立，解放全中国的春风迅速刮遍神州大地。同年12月13日，梁河县设治局宣布起义，随即，德宏州第一面五星红旗在梁河县设治局驻地大厂乡升起，梁河成了边疆民族地区德宏宣传新中国红色政权的前沿阵地。

为了更好地肃清县内国民党残余势力，清除匪患，做通少数民族群众思想工作，迎接解放军顺利进驻德宏并实施政权交替，1950年1月，经滇西工作领导小组研究，决定在梁河县大厂乡成立中共梁河特委（以下简称"梁河特委"），以小学老师段赐禄为书记（没有副书记），在县域内发展党员14人，分别是段赐禄（大理剑川）、刘钟铭（大理剑川）、何焱华（大理剑川）、杨秀峰（大理剑川）、刘钟仁（大理剑川）、向文修（四川人，在梁河设治局工

中共梁河特委纪念馆

作)、林大儒(河西人,当时属腾冲)、寸品伦(河西人,当时属腾冲)、尹可民(河西人,当时属腾冲)、许洪扬(河西人,当时属腾冲)、罗斌(梁河平山)、梁本灿(梁河马茂)、罗志刚(梁河平山)、罗志伟(梁河平山)。

梁河特委的成立,犹如一缕曙光,把边疆民族地区的天空照亮。它坚决执行党的"爱国一家、既往不咎、一视同仁、量才录用、妥善安置"统一战线政策,对设置局军政人员开展教育争取工作。与河西党支部委员会遥相呼应,互通党情、军情、民情、匪情,为当地解放斗争、推翻"三座大山"提供了强有力的组织保障。从此,梁河的革命面貌焕然一新,活动范围逐步扩大至河西、小厂、平山、囊宋、芒东、油松岭等地。在5个多月的时间里,他们以教师身份为掩护,开展一系列反帝反封建活动,在学校和附近乡村教唱《一个太阳两边天》《学生郎》等革命歌曲;朗诵《我们的理想》《我的马列主义观》《沁园春·雪》等革命诗词,寻找一切机会以秘密的方式向各族群众宣传党的政治主张，讲述党的革命故事，揭露国民党的黑暗统治，促使梁河青年觉醒和进步，越来越多的人开始拥护党的政策、加入党的革命队伍。

在党的领导下，梁河特委先后策划了大厂乡设置局和平起义，组建了梁河县第一个武装力量——梁河人民自卫大队，成立了梁河农抗会、学联、妇女会和儿童机构等组织，领导了"二二五"示威游行活动；参与处置了大厂乡"三·一"事件；组建了"边纵"七支队36团梁河工作队；与"边纵"七支队36团一起参加了马茂战斗并赢得了胜利，歼灭"民众自卫组训总部"匪徒50余人，俘获匪兵60人，缴获枪支弹药、财物、马匹无数。1950年5月6日，中国人民解放军122团政治部进驻梁河，宣布梁河解放。梁河军政代表团正式成立，梁河特委的历史史命宣告结束。

为缅怀先烈，弘扬梁河特委那"不忘初心、牢记使命、勇于拼搏、无私奉献"的革命精神，2018年7月，梁河县斥资500余万元建起了占地面积1270余平方米的"梁河特委纪念馆"，紧紧围绕发展时间和地域空间两条主线，以中共党史、云南党史为背景，以德宏党史的发展为重点，以梁河特委为亮点，通过文字、图片、音像、雕塑、实物等形式，用"不忘初心""边陲曙光""星火燎原""引领未来"4个篇章，生动地展现了中国共产党波澜壮阔的革命发展史，讴歌了边疆民族地区德宏梁河在中国共产党领导下敢于斗争、善于斗争的革命精神，激励着梁河全县各族人民以史为鉴，砥砺前行，继往开来。梁河特委纪念馆成为德宏州红色文化的传播基地，受到广大党员及社会各界的关注与好评。截至2022年底，梁河特委纪念馆共接待国家、省、州、县党员领导干部和各族群众共800余批次16000余人次。

梁河特委，一段永载史册的峥嵘岁月，一缕难以磨灭的红色记忆！

❶ 纪念馆内景

❷ 梁河特委第一批党员雕像

①

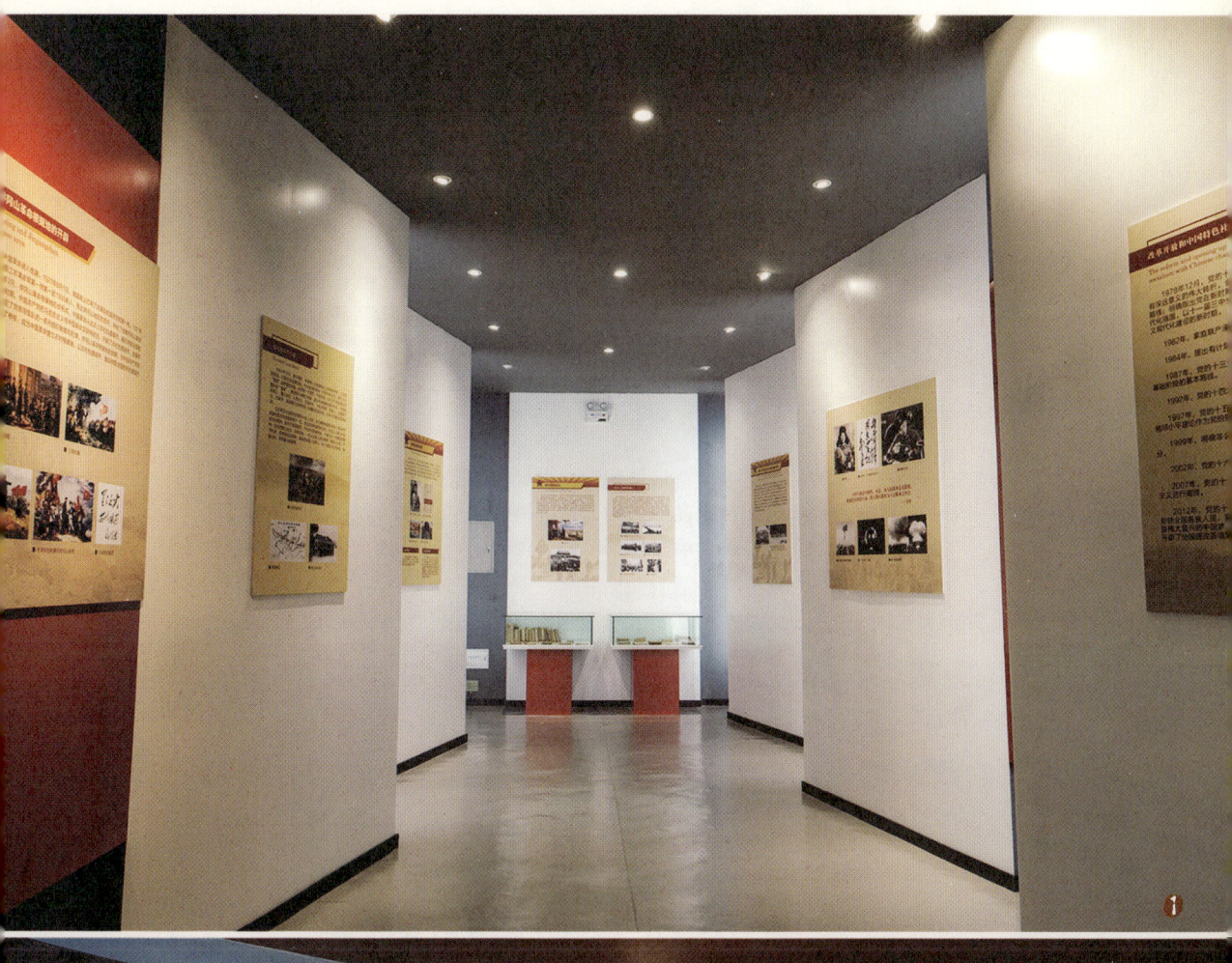

②

春风十里 书香满城

> 梁河，有许多院落适合阅读、发呆。闲暇时，便可捧一杯热茶懒洋洋地坐在阳台上品味润物无声的书香味道，享受以书为伴的美好时光。梁河，是个读书风气浓郁的地方，一村一舍，你都会感受到浓厚的书香氛围。

先生书院里的那一束光

梁河，有许多院落适合阅读、发呆。闲暇时，便可捧一杯热茶懒洋洋地坐在阳台上，品味润物无声的书香味道，享受以书为伴的美好时光。梁河，是个读书风气浓郁的地方，一村一舍，你都会感受到浓厚的书香氛围。

在梁河县城，常有外地游客打听先生书院的位置，热情的当地人便会停下脚步告知："先生书院么？就在长安村，海关大楼旁边。"就是那条小巷，因为一群年轻艺术家在2017年秋天开展的一次涂鸦行动，使它红遍了网络，成为国内极富魅力的艺术小巷。

现在，巷口的桃园饭庄、入巷的墙面均可欣赏到国内优秀涂鸦艺术团队色彩斑斓的作品。桃园饭庄的外墙变成了时尚餐车，一只大孔雀奔跑在盛开的桃花之中；火光映照下，一个小女孩的脸微微扬起，大眼睛满含期待，充满了对未来的憧憬；最引人注

❶ 先生书院门牌
❷ 先生书院内部装饰物

目的是一幅大型墙绘，一个小男孩将双手圈成眼镜样向来往的人们眺望，让人恍若回到遥远的童年时代；大片荷叶之间，大青蛙仿佛要从墙上跳到地面来；乱七八糟的小广告和手机号码被涂成了由企鹅、米老鼠等组成的神气活现的小乐队！由巷口向左直行三十米左右，即可见到右侧墙面上钉了一块褐色标志牌，"先生书院"四个格外醒目的字。再走二十米左右，转角处的墙绘充满了童趣：一个戴红领巾的小男孩在练习自行车，骑法是那种许多人再熟悉不过的"拐脚单车"，轮下有几个黑字在跳舞，"我在先生书院等你"。往右拐是一条更为狭窄的小巷子，进去后径直走六十米左右先生书院就到了。

第四章 人文蔚起 灵秀之地

125

先生书院内景

  这是一个安静的小院落，由北京来的艺术家信王军于2015年10月租用一所老旧民居改造而成。自书院建成后，村里的孩子放学之后不再在大街小巷逗留，因为他们有了好去处：先生书院。短短半个月，先生书院就收到了一万多册社会募捐的书籍。经过信王军和志愿者们的精心布置，普普通通的小院落变成了一个充满书香的艺术小院。

  自先生书院开放以来，每天都有中小学生、居民来看书、画画，慕名而来的游客也不少。除了对孩子开展艺术教育之外，先生书院在无意中成了一个文化艺术交融地，它像一个温暖的家安顿着一颗颗长途跋涉的心。

  小城的人们都知道：梁河的先生书院有许多书，那里的老师教

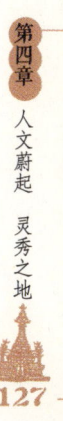

画画，还带孩子们捡石头、画石头、画树枝、画瓦片……北京798艺术区还为这些孩子们举办过作品展，孩子们的作品得到了首都观众的赞赏，其中有5个孩子的作品还被选送到法国巴黎参展。

走进先生书院的人们都能看见大门上涂着的"一束光"，那是一束金色的光，能照亮每一个孩子的脸庞。

❶ 正在先生书院里读书的孩子

❷ 涂鸦作品

第四章　人文蔚起　灵秀之地

127

乡村"文化粮仓"的守护者——吕建业

沿着九保小巷的青石板路一直往里走便可找到九保镇的六座城门之一——西康门。走过西康门，映入眼帘的是一间青砖墙、铁皮顶的农家小屋，这便是被九保人民亲切地称为"文化粮仓"的西康门农家书屋了。

西康门农家书屋于2011年9月14日筹建开放，由退休干部吕建业担任管理员。10年间，吕建业见证了书屋从无到有、从小到大的发展历程。没有房子，群众想法腾出；没有书架，群众捐资打造；没有书本，群众自发捐献。书屋里的图书也从开放时的1700多册增加到6000余册，受众遍及全村近千人，成了村民眼中的"文化粮仓"。

❶ 西康门农家书屋外景

❷ 西康门农家书屋内部陈设

谈及书屋的发展,吕建业感触良多。他说书屋里大到书架,小到一支笔,一点一滴皆从群众中来。如何让书屋发挥出最大的社会效益是吕建业老人一直关心的头等大事:"我们的书屋起初只对附近三个组的村民开放,其他村组的人想看书就要用借书证来借,没有借书证就借不到书,这可怎么办?"经过一系列的实践和探索,吕建业制定了一套既方便群众借阅又方便管理的借阅规则。有了制度,群众借阅方便了,借阅的人也多了,西康门农家书屋的名声就此传开了。

为了激发群众的阅读兴趣,培养群众良好的读书习惯,吕建业组织开展各种阅读活

第四章 人文蔚起 灵秀之地

动,如播放红色影视剧,组织小朋友们到书屋参加阅读比赛等。丰富多彩的读书活动吸引了越来越多的人加入阅读队伍中。

不仅如此,吕建业还对书屋借书最多的前十名借书者给予一定奖励,奖品不算贵重,却是对读书行为的一种肯定和鼓励。吕建业欣慰地说道:"我希望越来越多的人到我们书屋来借书,让更多的人感受到知识和文化的魅力。"

10年守护,吕建业和他管理的书屋得到了群众的一致好评,在2019年全国乡村阅读盛典上,他被评为全国乡村阅读榜样,而在87岁高龄之时,吕建业也成为一名光荣的共产党员。

西康门农家书屋里琳琅满目的书

芒东农民画

芒东镇是梁河县傣族聚居乡镇之一，丰富多彩的傣族文化孕育了独具特色的乡土文化，其中芒东农民画以其鲜明的艺术风格引起州内外社会各界的广泛关注。目前，全镇在册农民画业余爱好者有一百多人。2015 年，芒东镇被德宏州人民政府命名为"农民画之乡"，芒东农民画被列入民族民间传统文化名录。

芒东农民画不断得到社会各界的关心，省、州、县、乡（镇）各级多次举办农民画培训。在芒东镇的展厅里，可看到 20 世纪 70 年代芒东镇农民画画展的珍贵图片。2016 年，鉴于芒东农民画的影响力，云南省和德宏州"三区"办专门在芒东镇联办了"三区"人才培训班，之后出版的《农民画培训班作品集》集中展示了多名画家的作品。2017 年梁河县傣历新年活动期间，二十余名芒东农民画作者的三十多件作品"惊现"

芒东农民画代表作《捉鱼比赛》

❶ 芒东农民画代表作《堆谷子》
❷ 芒东农民画代表作《欢乐象脚鼓》

县城，让观众感到无比惊艳、震撼！

关注芒东农民画的人们后来才知道，原来其中的一些农民画作者是"有来头"的：蚌德亮、杨明、蚌有万、郗岩团、熊新华、王彩林、方世斌、闫生权、段艳波等曾到芒市、瑞丽及昆明参加过国家级、省级、州级培训。

芒东坝东岸线乡村公路，像一条飘舞在山水之间的银线，将诸多傣族村寨串起来，户东村就是其中一颗璀璨的明珠。它背靠青山，面对河流，风景如画。家住户东村的蚌德亮是芒东农民画的代表性人物，如今已是八旬老人。蚌德亮从小爱画画，喜欢画身边的小牛、马、鸡、鸭等动物。1971年，德宏州里一姓陈的老师来乡里教画人物，其言传身教至今还深深地印在蚌德亮的脑海中。蚌德亮主要画国画、水粉画，还画过不少傣族佛教文本插页插图，心中有景，笔下生情，一幅幅傣族风俗人情、村寨风景栩栩如生。其作品多次在省、州、县展出，并获得不少奖项。1998年，蚌德亮被评为"云南省民族民间美术艺人"，他绘制的戏衣、戏帽，色彩典雅，在州内享有盛名，甚至远销缅甸。蚌德亮的儿子蚌有万传承了他的绘画、泥塑、木雕等技艺，作品曾入选云南省第二届农民画画展。蚌有万现在是梁河县非物质文化遗产传承人。"以前，家里生活困难，又要供养六个孩子，还要吃饭，没有闲钱买画笔等原料，都是偷偷卖些鸡、鸭、鸡蛋，才买一些原料回来，利用晚上的时间练习、摸索、创作。"画农民画让蚌德亮父子收获了一大堆红红的荣誉证书，也收获了一群志同道合的朋友，最让他们自豪的是蚌有万的儿子蚌绍通考取了云南艺术学院，毕业后从事美术教育。

在当地，还活跃着一个创作能力强、艺术造诣深厚、颇具影响力的画家，他就是马家寨的杨明。杨明自幼酷爱美术，绘画、书法、泥塑、道具制作、玉雕均有所涉猎，他创作的傣族佛教壁画能够根据佛教内容编绘图案，线条优美，色彩鲜亮，佛教特点鲜明,深受群众青睐。

经过多年的不断探索,芒东农民画已形成了地域性、民族性极强的艺术特色。芒东农民画画风粗犷、豪放、质朴,以民间习俗、神话故事、民间传说为题材,有农民独创的绘画语言,构图直观简洁不受空间的束缚,形体不受常规比例的制约,大胆地运用夸张的艺术手法,虚中见实、土中见雅、拙中见美。芒东农民画家已成为民族风格鲜明、乡土气息浓郁的艺术群体。

梁河洞经古乐

在梁河县九保阿昌族乡活跃着一支洞经乐团,是德宏州唯一的洞经古乐团,因其旋律优美,演奏富有内涵而受到人们的欢迎。

"洞经"原本是道家诵经的一种方式,清朝以后,儒、释、道合流,而逐渐演绎为各种奠庆演奏方式。它主张与人为善、以德为本的人生哲学,提倡纯化人心,惩恶扬善,净化社会,有严格的会规。千百年来,洞经古乐世代相传,并不断注入新的时代内涵,已被联合国教科文组织认定为全人类宝贵的非物质文化遗产。

九保洞经古乐于20世纪30年代由大理、腾冲传入,并在遮岛、九保等地演奏。梁河洞经音乐一度濒临失传,直至1985年,民间音乐艺人黄升寿组织10名音乐爱好者研习,才让洞经音乐在梁河重新绽放光彩。2002年3月,梁河县南甸丝竹洞经乐团正式成立,成员由爱好音乐的退休人员组成,长者已是耄耋之年,最小的也年逾50岁。这些老人凭着对音乐艺术的热爱,以自娱自乐的方式学习知识、陶冶情操、促进健体、服务社会,积极参与党委、政府及社会各界组织的各种庆典活动,努力挖掘洞经古乐,不断把新时代的文化内涵注入传统的洞经音乐中,把爱国、孝道、诚信、勤奋、仁爱、戒贪、戒嗔、自律等中华传统美德以新的方式传递给他人,

真正实现老有所为、老有所教。

基于对洞经音乐的热爱，二十年来，他们搜集整理洞经古乐、梵贝音乐、傣族宫廷音乐、民间音乐、现代音乐累计200余首，并别出心裁地把葫芦丝音乐融入洞经演奏中，自称为"葫芦丝文化的使者"，成员也由成立之初的10人发展到30余人，连外县市的音乐人才也被吸引到团队中，时常被邀请到昆明、大理、丽江、保山腾冲及德宏芒市和瑞丽等各地演出。先后获得香港宏韵文化中心颁发的"兰花金奖"、云南省首届老年风采大赛"器乐演奏第二名"、梁河县首届"丝竹情韵"葫芦丝比赛三等奖等荣誉称号，被云南省昆曲研究会会长沙江白尼称为"传统文化的抢救者"。

梁河南甸丝竹洞经乐团，正以传统的方式叙写着新时代的篇章。

洞经演奏

第五章

民族风情　绚烂多彩

梁河历史悠久，民族众多，傣族、阿昌族、景颇族、傈僳族、德昂族等5个世居少数民族犹如5朵摇曳多姿的鲜花，在盛世中国迎风招展，迥然不同的民族风俗和别具特色的节日庆典，创造了五彩缤纷的民族文化。

泼洒时节尽狂欢——傣族

梁河境内的傣族有3万余人，分布在勐养、芒东、河西、遮岛等乡（镇）的坝区。傣族人生于水边、长在水边，与水相生相伴、相依相恋、相通相融，被称作"水一样的民族"。每年的泼水节、傣历新年节是傣族的两大传统节日，敲象脚鼓、吹葫芦丝、跳嘎秧舞、吃泼水粑粑，织傣锦、品傣食、唱傣歌、演傣剧，洒吉祥水，相互祝福……到了傣乡，自有一种久别重逢的味道，更有不期而遇的惊喜。

走进傣族坝子，映入眼帘的首先是一幅赏心悦目的图景——村寨口江河环绕，流水潺潺，碧波荡漾，村寨旁竹木葱茏，红花绿叶掩映，花果常年飘香。错落有致的傣家竹楼，隐没在翠竹绿树之中。与水融为一体的傣族人，是水一样的民族，孕育了烂漫的文化，演绎着世间的万种风情。

傣族是"水一样的民族"，与水最有渊源，傣族人历来长在水边、住在水边，与水相生相伴、相依相恋、相融相通，被称作"水一样的民族"。在傣族人的心目中，水是孕育生命的源泉，是滋养万物的甘汁。

梁河境内傣族主要居住在勐养、芒东、河西、遮岛等乡（镇）的坝子，是梁河县五种世居少数民族之一。千百年来，梁河傣族人民在这片神奇美丽富饶的热土上，与其他兄弟民族交往交流交融，共同创造了梁河多元民族文化，坚守着精神家园，世代传承弘扬传统文化。

多年来，繁衍生息在南底河、勐养江畔的傣族人，与水共生、与水为伴、以水为媒，不仅孕育了源远流长的农耕文明，还创造出

欢乐的傣族泼水节

欢快地泼水

了绚丽灿烂的民族文化。在漫漫的历史长河中，佛教文化、农耕文化、傣族文化在这里多元共生，交相辉映，伴随葫芦丝音乐漂洋过海、走向世界。

沿水而居的傣族人，历来就是一个爱惜水、依恋水的民族，在生活的平常之时、点滴之间、细微之处，都与水息息相关。生活在水乡的傣族人，就连一个微妙的眼神、一个细微的动作，都透着水一般的柔美灵动。

作为葫芦丝发源地，梁河傣乡风情在大自然中映出了最生动的写意，这里有摇曳的月光、和煦的清风、荡漾的碧波、飘香的瓜果，还有冉冉竹楼落剪影，纤纤竹林画精灵，温婉江流舞孔雀，稻花村畔傀情侣……

每年的泼水节、傣历新年节，是梁河傣族的两大传统节日。节日期间，人们身着盛装，敲象脚鼓、吹葫芦丝、跳嘎秧舞、吃泼水粑粑，织傣锦、品傣食、唱傣歌、演傣剧，洒吉祥水，相互祝福。

年轻人则对唱情歌、抛荷香包、送定情物。来自村村寨寨的傣族小卜少们，载歌载舞，婀娜多姿，万般风情，相互媲美；情歌小调、葫芦丝演绎扣人心弦，夺人眼目，美不胜收。

说起梁河的傣味，不管是地道的零食小吃，还是纯正的美酒佳酿，不管是正宗老字号招牌菜，还是秘制老包装土特产，无一不是唤醒味蕾的佳肴，让人垂涎欲滴，想大快朵颐。来梁河傣乡，其实就是赴一场美食的盛宴，这里有久别重逢的味道，不期而遇的惊喜。在梁河傣乡，才能品出怀旧的味道，体味最原始的快感，就像初恋的味道，溢满了心田，时刻提醒着人们幸福是什么。

梁河傣族人对水的依恋，与其地理、气候、环境和风俗习惯密切相关。傣族人过泼水节时，按照习俗都要举行沐浴、泼水、游泳、划竹筏等活动，所有这些都少不了水。傣族对水的崇拜和敬畏，在他们的生活里，时刻与水形影相伴，离开了水。

敬仰和依恋水的梁河傣族人，世代在这片神奇美丽的土地上挥洒着内心的热情与赞叹，兴致所到之时，经常以水为媒，讴歌新时代，赞美新生活，让草木歌吟，顽石嬉戏，山水流韵，四季传情。一个民族对生活的挚爱跃然心头，喷薄的热情被纳入时代的河床，流淌成

❶ 宾客互相洒水祝福
❷ 泼水欢歌

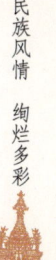

载歌载舞欢度泼水节

咏叹不息的万古江流。

在梁河傣族人心目中，水不仅有航船、灌溉、饮用、洗涤等功能，还具有养生育物、传情达意的作用。丰富的水源，秀密的竹林，是傣族人选址建寨、定居生活的首选条件。"无山不狩猎，无河不建寨""寨前渔，寨后猎，依山傍水把寨立"，这些都道出了傣族人对水的倚重。

在傣族人生活的村旁寨边，清泉潺潺流淌，水井清澈见底。由于爱水的缘故，傣族人性格温柔、态度温和、语言温润、举止温雅、家庭温馨，神似水的特质。就连傣族男人，也像水一般的温婉、温暖。而傣族女人更是喜水如命，没有哪个民族的女人比她们更喜欢亲近和依恋水了。

早上起来，伴随着朦胧的晨曦，傣族女人便相互邀约去沐浴梳妆，赤脚站在水边，将一袭乌黑柔顺的长发散开，轻缓地撩起裹身

的筒裙,再逐一地解开,接着用木桶打上清水,从头到脚淋下,瞬间湿透。那一刻,是傣族女人一天中最享受、最舒爽、最快乐的时光。

辛勤劳作的傣族女人回家后,临睡前的一件事,也是沐浴梳洗。月光下凤尾竹轻摆摇曳,泉水叮咚,犹如仙女下凡,洛神出水,妩媚动人。

夏日的高温,让生活在河边的人们习惯一日多浴,尤其是那些爱水的傣族女人,她们喜欢清爽洁净,浑身上下透着水一般的灵气,衣着打扮恰如其分,举止神态灵动如水,像极了开屏的孔雀,让人眼前一亮。

每当夕阳西下,傍晚时分,南底河边、勐养江畔随处可见傣族女人嬉闹戏水的身影。一群群身材窈窕、身姿柔美的小卜少,一笼筒裙以蔽体,江水衬上夕阳的金黄、远山的青黛,真是一幅画中有诗的美景。

傣族女人离不开水,永远跟着水流动。就连洗菜、淘米、洗衣,在河边井旁一盆盆地打、一桶桶地洗,水满满地溢出来,浇到脚踝小腿间,湿透了半截裙子。秀发遮住了视线,顺手湿漉漉地轻轻一撩,那个清凉秀美,那个灵秀动感,顾盼生姿,让人看着别提心里有多美……

❶ 象脚鼓舞表演
❷ 泼水节中的"嘎秧"舞蹈

纵歌一曲邦歪山——景颇族

景颇族是中华民族大家庭中的一员，一千多年前，景颇族就南迁到云南西部。梁河境内的景颇族最早定居在勐养镇邦歪山一带，"邦歪"为景颇语，"邦"意为围拢，怀抱；"歪"意为侧卧。因过去山上的寨子像一个人侧卧在群山怀抱中而得名。景颇族崇拜长刀，誉之为"生命之刀"，也称为"木战神"（意为打天下的刀）。目瑙纵歌节是景颇族最盛大的节日，节日期间景颇族人会身着盛装、佩带长刀到目瑙纵歌广场狂欢三四天。

景颇族是中华民族大家庭中的一员，一千多年前，景颇族就南迁到云南西部。唐代时被称为"寻传蛮"，明代就有一部分景颇族开始迁入今天的德宏境内山区定居，清代又有大批景颇族迁入。从迁徙的路线看，进入梁河境内的景颇族，大部分是从缅甸江心坡及国内盐井、老窝（浪速地）、怒江泸水、六库一带，经过腾冲固永进入盈江的支那、盏西、盏达、旧城一带，而后又迁徙到陇川的罗朗寨，因人多土地少，于清康熙四十九年（1710年），部分景颇族人的先辈便迁徙到今天的梁河邦歪山定居下来。

邦歪山位于勐养镇人民政府驻地西面13千米，海拔1100米。"邦歪"，景颇语，"邦"意为围拢，怀抱；"歪"意为侧卧。因过去山上的寨子像一个人侧卧在群山怀抱中而得名，又名"黄草山"。1949年前属陇川县邦角景颇族山官管辖，1950年属梁河第三区东山乡。1953年属芒东区东山乡，1961年属勐养区邦木乡，1972年从邦木乡撤出设邦歪乡，1988年2月改现名。因气候恶劣、生产生活条件、交通不便等因素，2002年在党和政府的关心帮助下，当地居民离开山清水秀的高寒山区，迁到萝卜坝河谷界岭至水草

蔚为壮观的目瑙纵歌节

坝段芒盈路对面，地处东山梁子末端，双连坡南延山坡丘陵平缓地带，坐向不一，线状分散聚落，辖邦歪、红场、中寨、垭口四个自然村。

长刀作为景颇族民族特征的一部分，与景颇族人剽悍、尚武的精神是密不可分的。景颇族崇拜长刀，誉之为"生命之刀"，也称为"木战神"（意为打天下的刀）。长刀不仅是人们的生产工具、打仗武器、婚嫁礼器、娱乐道具，是目瑙纵歌上的重要标志，更是景颇族最隆重的祭祀和节日庆典活动中不可缺少的。

在景颇族神灵中最大的神是天鬼（又称木代），过去只能由官家供奉，其他人不得供奉。在祭祀天鬼时要举行盛大的目瑙纵歌，跳目瑙纵歌时首先请董萨以占卦方式，选择一块能容纳数千人或数万人的场地，建盖好天鬼的屋子，然后在舞场正

景颇族舞者

中树立祭祀天鬼的祭坛目瑙示栋，上面画有各种动物图案，竖立的木柱上则刻画着太阳、月亮、星星、曲线、菱形、蕨纹等图案。从中可看出景颇族把刀供奉给至高的祭坛，把刀看成是天上的神灵，与太阳、月亮、星星一同受人尊敬。一雄一雌的大刀是打造天地的神物，也是人们捍卫家园、敬畏自然及神灵的宝物。可见长刀在景颇族人祭祀及节日庆典中地位。

目瑙纵歌是景颇族传统的大型歌舞，1983年，德宏州人大常委会正式通过决议，将每年的农历正月十五日至十七日举行的目瑙纵歌活动定为景颇族一年一度的民族传统节日。"目瑙"是景颇语，"纵歌"是载瓦语，人们通常一起写作目瑙纵歌，浪峨语称"藏歌"，是大伙跳舞的意思，这是景颇族规模最大、最隆重的节日活动。梁河的目瑙纵歌广场设在勐养镇的邦歪行政村境内，节日活动一般举行三天或四天。在整个表演过程中，由八名"瑙双"（大领舞者）担任领舞，他们身穿黄、红、蓝相间的龙袍，头戴饰有孔雀

羽毛的帽子，手握长刀，身后是几名中年妇女，身背祭祀用的五谷水酒、糯米饭礼篮。接着是两名"瑙巴"（小领舞者）带领众多的男女老少，男子手持长刀，以肩部和腕部的动作配合大铓、木鼓声的节奏，呈双列纵队缓缓进入舞场，一列代表太阳，另一列代表月亮。男子不断舞动着长刀，女子手持彩扇，扇子置于胸前，肩部、臀部自然摆动，时而侧身行进，时而直步前进，动作随节奏的变化而变化。队形的变化有严格的规律，并有特定的行进线路。这时，人们开始情不自禁地叫出"哦然"，"哦然"是景颇语就是"好咯"的意思。景颇族浪峨支系在跳"纵歌"时，与其他支系不同的一点是景颇族的祭司晚上先要跳象脚鼓舞，由鼓手们带队围绕目瑙广场举行进新房仪式，之后再跳"志歌"舞，由祭司"董萨"带领景颇族男女老少，围绕目瑙纵歌广场边跳边唱（董萨领唱一句，后边的人跟随唱一句），直至深夜或到第二天凌晨，其内容是叙述族谱和纵歌的来历，祝福人民幸福安康、五谷丰登、六畜兴旺。

　　随着社会的发展，长刀的元素也被带入目瑙纵歌活动中，并演化为独特的长刀舞，最为集中地表现于每年的农历正月十五景颇族目瑙纵歌活动盛会上。在目瑙纵歌活动现场中，从

装扮威武的舞者

开始到结束都在刀光、人流、"哦然"声中进行，处处显示着长刀的威力；景颇族人民在刀术的基础上，又赋予了劳动、战斗、欢庆胜利等生活内容，形成了具有浓郁民族风格的民间舞蹈——万人之舞。古往今来，景颇族人民用它砍柴打猎，披荆斩棘，粗犷豪放，锋利无比。每当暴风雨来临之时，它呼唤雷霆，携闪电而下，用自己的钢铁意志，谱写了一曲曲气壮山河的民族赞歌和英雄颂歌！

今天，景颇族人民在中国共产党的领导下，同喝一沟水，同吃一锅饭，同饮一筒酒，怀着丰收的喜悦，迈着大型歌舞盛会目瑙纵歌的步伐，看——景颇族汉子的长刀闪闪亮，听——景颇族姑娘的银泡唰唰响，让我们共同唱着豪迈奔放的"哦然"之声，踏着铿锵有力的鼓点，昂首阔步跟党走。歌颂党的恩情，歌颂景颇族人民幸福安康、六畜兴旺、五谷丰登，愿景颇族人民的精神如同高高耸立的目瑙示栋上的大刀和长矛一样，永远都是那么庄严而威武。让我们用粗犷的歌声歌唱太阳、歌唱月亮、歌唱目瑙、歌唱幸福美好的新时代。

"哦……然哎……哦然哎……"

壮观的长刀舞

盛世花开傈花卡——傈僳族

"傈花卡"为梁河县2016年至2019年脱贫攻坚政策扶持下建设的集中搬迁点，安置了县内147户山区傈僳族群众，实现了新时代全县傈僳族的"大迁徙"。傈花卡内已有民族特色食府、农家乐，未来还将打造民族风情的宜居民宿，每年三四月份，当樱花和梨花争相开放时，会举行傈僳族隆重的传统节日——"阔时节"，白天"上刀山"，晚上"下火海"，与游客共饮一碗同心酒，同赏一场梨花雨。

在梁河县遮岛镇弄么社区新寨自然村大坪田，一片崭新又透着古朴气息的木质民居依山而建、错落有致，在绿树成荫的半山上，格外显眼，这就是新的傈僳族聚居点——傈花卡。它背靠青山，面前有556国道，南底河、腾陇高速路由北向南把城市发展的气势延伸开去；左邻梁河有名的龙窝温泉和小高层搬迁点"聚缘村"，右邻"九年一贯制学校"，不远处是日渐繁华的县城。未来，这里将是聚风情农家乐、民俗客栈、烽火台观景点、"阔时节"文化广场等于一体的旅游休闲地。游客还能在这里观看傈僳族民俗文化展演"上刀山、下火海"、古调对歌、三弦舞蹈、射弩比赛等。

傈花卡，傈僳语"思迟微卡"。走在火山石铺成的道路上，但见傈花卡统一规划设计的木架房、红砖墙、茅草屋顶、竹篱笆、木楞厢房、敞开式庭院等设计均保留和延续了浓郁的民族建筑特色，天真无邪的傈僳族孩子们在屋檐下或广场上嬉戏玩耍……夜不闭户的民居前，朴实的村民会热情向你招手"快进来坐坐，喝杯茶水"。

❶ 花一样的傈僳族同胞

❷ 踩火石灰

据《云南少数民族》载,傈僳族属藏缅语族一支。远在8世纪以前,便生活在金沙江流域,历史上曾多次大规模向西南迁徙,一部分进入今德宏境内,主要分布在盈江苏典、勐弄一带。《梁河县志》载,清道光三年(1823年),腾越厅招募了一些傈僳族人到南甸守卡,安置傈僳族405户1117名。在傈花卡的南边和西边,分别设有一个"烽火台",即是为了纪念傈僳族同胞为南甸"守卡"这一历史使命而设置的。春夏秋冬,穿过密密的丛林,傈僳族人把火塘的茶罐煮成了生活的赞诗,这样的傈僳族守卡人,用朴实和忠诚守护了南甸这块神奇的土地。

傈僳族在历史上是一个不断迁徙的民族。2016年开始,梁河县的傈僳族同胞又经历了一次"迁徙",全县7个乡镇22个行政村48个自然村的147户傈僳族群众,于2019年年底全部搬迁到傈花卡,实现了新时代傈僳族全县性的"大迁徙"。这次"大迁徙"

不同于以往的自然迁徙，是国家对新时代傈僳族同胞在脱贫攻坚中的政策性扶持，也是国家在脱贫攻坚过程中不让一个民族掉队的具体体现，于国家实施脱贫攻坚战略和民族团结政策都具有特殊意义。"迁徙"后的傈花卡通过公益性岗位设置、劳动力转移就业培训、成立家政服务中心、发展旅游业等方式，让昔日的山区傈僳族同胞的生产生活都跃上了一个新台阶，令人耳目一新。

傈僳族是一个多才多艺的民族，不论男女老少都能歌善舞，凡耕种、打猎、结婚、盖房都要尽情地歌舞，"盐不吃不行，歌不唱不得"，唱歌几乎成了傈僳族的"第二语言"。在傈花卡新村里，傈僳族同胞除了唱歌跳舞，还会制作少数民族服饰和三弦，制作特色美食漆油焖鸡、傈僳族米酒、杨梅撒苤、黄金搭档、金瓜饭、栎炭烤肉等，发展农家乐。更多的人会结合自己的特长和爱好，发展产业，开创新生活，有的养殖蜜蜂、黄牛、土鸡，有的栽培苗木、草果、砂仁、姬松茸、洋石榴、老品种土豆等，有的经营农家乐和民宿、开特色小店，有的利用互联网做电商……不少同胞成了增收致富的领头人。目前，"傈花卡农家乐""傈花园农家乐""傈花食府"已具备一定接待能力，可以同时接待200多名游客。未来，傈花卡将会打造特色民宿，预设房间100间，床位200个，能为游客提供具有傈僳族民族风情的宜居民宿。傈花卡将会一天比一天美起来。

今后，每年三四月份，樱花和梨花争相开放的时节，这里会举行傈僳族隆重的传统节日——"阔时节"。白天的"上刀山"活动，勇敢的傈僳族男子会赤脚赤手攀上有七十二把锋利长刀的"刀杆"顶端，点燃鞭炮，摘下红、蓝、白、绿四种纸花的神符小旗，分别朝东西南北四方掷下，祈祷四方平安、五谷丰登。为祝贺勇士的成功，傈僳族儿女会围着刀杆跳起"大嘎"，祝福勇士胜利，祝贺节日愉快，祝愿人们健康幸福美

满。夜幕降临,"刀杆"旁会燃起熊熊篝火,傈僳族儿女会手拉手、肩并肩,弹着三弦,唱起来、跳起来,篝火燃尽,英勇的傈僳族男子会在烧得通红的炭堆上跳舞。这个舞蹈叫"下火海",观之令人觉得惊心动魄!"下火海"源于傈僳族儿女对火神的敬畏,他们相信经过火的洗礼后,可以消灾解难。傈僳族先祖好狩猎,善射弓弩,每年"阔时节"期间,都会组织射弓弩体育比赛,传承民族文化和体育技艺。

"傈家的梨花,花谢又花开,冬日暖阳,蝴蝶飞飞,我在梨花树下等你来……"时光不停穿行,能让我们停留的,只有我们的心。如果有一天,你来到南甸这片神奇的土地上,可一定要去傈花卡走走看看,停下匆忙的脚步,倚着梨花泛白的屋檐,看看蓝天白云,听听花开的声音。热情好客的傈僳族同胞一定会弹起三弦琴,跳起欢乐的舞蹈,为你吟唱这首散发着淡淡乡愁的《回来》,共饮一碗同心酒,同赏一场梨花雨!

❶ 欢庆"阔时节"

❷ 刀杆节——上刀山

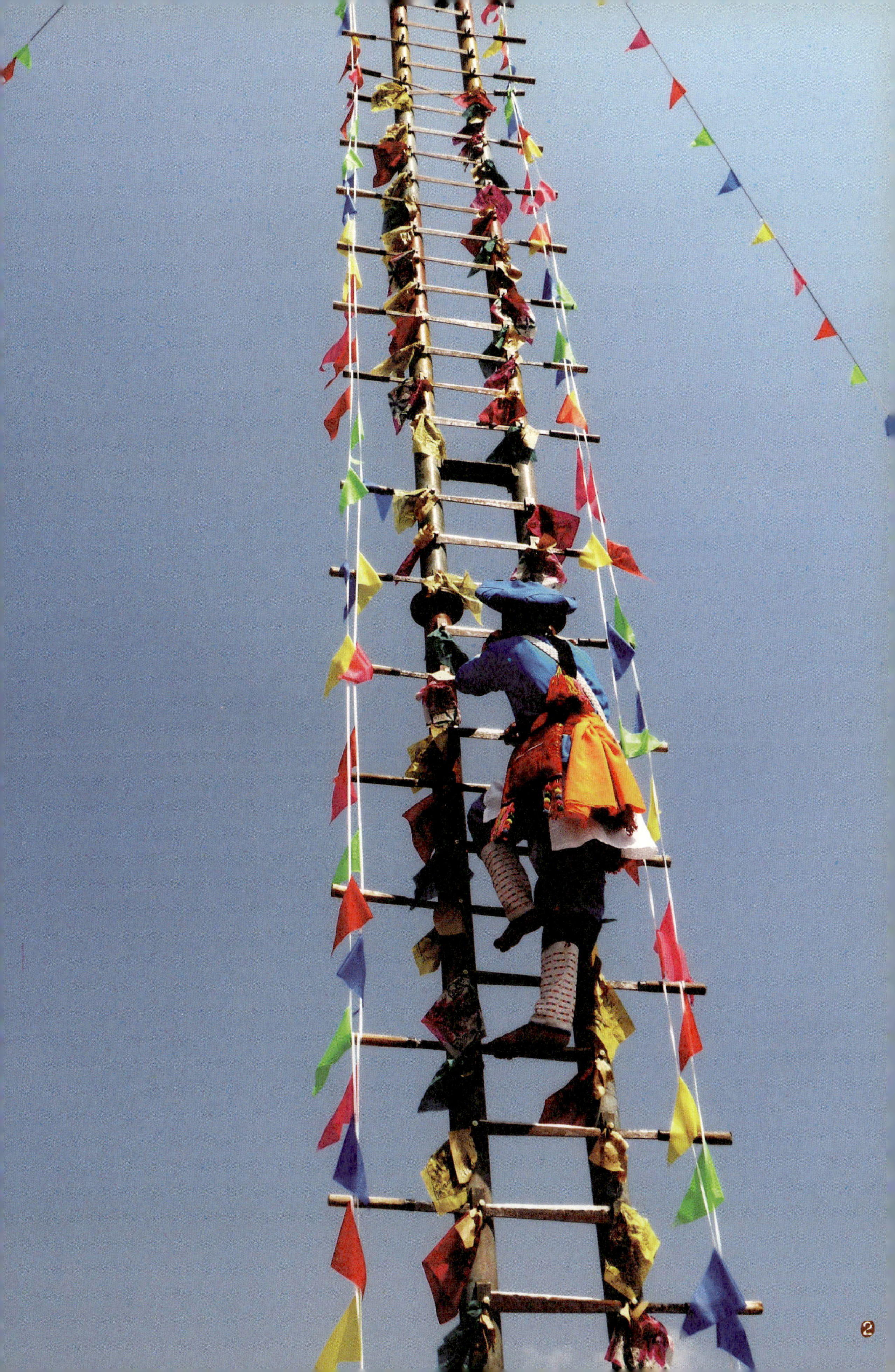

2

二古城上庆浇花——德昂族

> 二古城坐落在梁河县城西面后山的一个小山岭上,是县内唯一的德昂族聚集村寨,全村80余户300多人。德昂族最隆重的节日是为期三天的"浇花节",时间上与傣族的"泼水节"相同,其过程神秘而有趣。

二古城是梁河县河西乡勐来村委会的一个自然村,虽然称为"古城",却是一个实打实的小山村。因为这个似是而非的名字,曾经还闹出过一个笑话。二十世纪六七十年代,省城昆明的一群知识青年到梁河当知青,在分配人员的时候,有的知青一听"二古城"这个名字,以为是个城,便纷纷要求分到那里去,结果实地一看,才知道被美丽的名字骗了。这哪是什么"城",分明就是一个实实在在的小山村!可见这个名字多么蛊惑人心。

二古城坐落在县城西面后山的一个小山岭上,与县城直线距离不过三四千米,环山公路却达十几千米,山势蜿蜒、曲折起伏,是梁河县唯一的德昂族聚集村寨,全村共有80余户300多人。从寨子里可以俯瞰整个县城和南甸坝,寨子四周树木茂盛,山花烂漫,野果飘香。

德昂族是个好客的民族,到他们家,你会感受到主人的热情。刚一坐下,主人便会给你煮上一杯清香四溢的土罐茶,然后,瓜子、花生、核桃等当地特产也会随之奉上。开饭时,他们会用最好的米饭、最美最有民族特色的菜肴来招待客人。

"浇花节"中的德昂族女同胞

德昂族爱好音乐，他们有丰富的民歌，有独特的丁琴、葫芦丝和口弦，许多人都会演绎一些音乐，整个民族多才多艺。这样的才艺，显然与德昂族笃信南传佛教及节日活动较多有关。德昂族节日活动有"干亭节""哔崩节""浇花节""烧瓦节""岗瓦节""扎礼节""幡杆节"等等，其中最隆重的节日应数"浇花节"和"幡杆节"。这里我们主要讲"浇花节"。

由于德昂族的"浇花节"与傣族的"泼水节"时间重合，县里偶尔也会将两个节一起合并举办。无论是县里一起过还是二古城德昂族自己过，"浇花节"均为三天时间。由于德昂族信奉南传佛教，老人过世后不用垒坟祭奠，而是将逝者灵魂供奉在奘房，到浇花节时由全村人一起祭祀，因此，这个节日格外隆重。

其实，"浇花节"的准备工作早在清明节后第六天就做好了。这一天，男人们要在奘房前的广场上用竹子搭建浴佛的转水亭，妇女们则忙着制作各种美食，如苏子米粑等供品，用于供奉佛祖和先祖。之后就约着到山上采来各种各样的山花

"浇花节"中的妇女和孩子

和绿叶装饰转水亭。转水亭内宽八尺见方,高丈余,为三层楼台式。屋顶呈尖状,为将军帽形,最上层像个小阁楼,小阁楼下与二楼顶之间的四边为披厦,覆盖以下两层。屋顶和披厦苫上茅草,亭子四周都编上竹篱,插上人们采来的各种山花和绿叶。亭子虽说像三层楼,其实亭里是没有楼层相隔的,亭子里还要安放佛像。造好佛座之后,便从奘房里把佛像请入亭内坐好。在佛像头边搭上转水竹槽,可以接水浇到佛像身上。佛像脚下还有水盘接住淋过圣佛的吉祥水,以便再用来洒给父母等长辈。亭子外面还要搭上结实的板桥,供人们结队上下去给圣佛浇洒吉祥水。

节日第一天,人们穿上节日的盛装,带上准备好的供品。先到转水亭的佛像前祷告,并把供品供给圣佛。拜过佛后,人们排成长长的队列,打着龙旗、象旗,敲着象脚鼓,背着花篮,到水井里去背水来浴佛(虽然现在自来水接到了奘房,但为了表示对神灵和祖

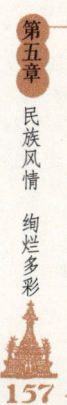

先的虔诚礼敬，他们仍然保持着到老井去背水来浴佛的传统习俗）。接着，他们又用浇过圣佛的水洒向刚结婚的新郎新娘，祝他们夫妻恩爱、白头偕老；之后再给老人等长辈们淋吉祥水，祝他们健康长寿、颐养天年；最后，人们才相互泼洒吉祥水，尽情享受节日的欢乐。

在这个隆重的节日里，人们品尝美食，在相互泼水中感受节日的狂欢，在载歌载舞中挥洒心中的豪迈与激情，越是多才多艺，能歌善舞的人，越是受人欢迎。三天时间里，真是音乐不断、歌舞不停、笑声不绝、宾主尽欢。

正在打扮的德昂族妇女

第六章
绿水青山　天然氧吧

梁河气候宜人，花开四季，果结终年，拥有世外挑源般的美丽景色。70% 以上的森林覆盖率，无污染的青山绿水，使这里的空气如泉水般甘甜，每一次呼吸，都令人陶醉。

听，梁河的四季故事

梁河"两山夹一坝"，植被丰茂，气候适宜，山川秀美，风光四时不同，东有万亩草甸观星空的仙人硐、昂首屹立古茶飘香的青龙山，西有春赏杜鹃夏避暑的来利山，秋冬有群山孕育的云海，还有一年四季都流淌不息的温泉，每个时段来到这里，你都会感觉这里非同一般……

偶遇四季——来利山的春夏秋冬

来利山位于梁河县以西的河西乡山梁子上，最高海拔2860米，是梁河县海拔最高的地方，面积36960多亩。这里环境优美，古木参天，流水潺潺，鸟语花香，是一座神秘而风景秀美的山。

曾几何时，来利山顶因发现储量未明的锡矿，又位于梁河、盈江、腾冲三县市交界，曾被一些非法业主私挖滥采、盗砍盗伐，被挖得千疮百孔，因此也曾被称为"癞痢山"，可见被破坏之严重。

但幸运的是，在私挖滥采和盗砍盗伐中，20000多株古树杜鹃没有遭到致命的破坏。而且，梁河县委、县政府下定决心关停了辖区内的非法采矿，严打盗砍盗伐，动员群众植树造林，"癞痢山"又恢复了往日的山清水秀、鸟语花香。当地群众因种植草果、核桃等山货增加了收入，脱贫致富，受到大山恩泽，便一改往常称呼，取美丽、来利之意，亲切地称其为来利山。

12 来利山春归

来利山不同于德宏亚热带季风气候的干湿两季之分，而呈现出一年春、夏、秋、冬四季各不相同的自然生态美景，可谓：春赏杜鹃夏避暑，秋品红叶冬观雪。

春天，赏杜鹃。风暖日煦之时，来到来利山上，杂树生花，飞鸟穿林。特别是春雨过后，草木复苏，叶芽初展，春光怡人。当然，阳春三月的来利山，漫山遍野的古树杜鹃才最有"看头"。看古树杜鹃有三赏：一赏杜鹃树之多，几万株杜鹃在山岭上争奇斗艳，红的像血，红得让你激情澎湃；白的像雪，纯洁得让你心如止水，宛如听经讲佛。二赏杜鹃树之大，当你站在两个人合抱不来的树下，仰视满枝的杜鹃花时，当你用长镜头把杜鹃花一点点地拉到眼前时，花之烁烁，你会忍不住感叹，只在花园里见过的杜鹃花也能长这么大。三赏人与自然和谐相处，尽管公路已修到杜鹃林边，当地人也不会伤害古树杜鹃，更看不到游人过后的遍地垃圾。细心的游人还会在杜鹃林中发现不知何年留下的营盘和战壕，用心灵体验一下旖旎的风光和古代战争的残酷，感受人生的美好。

夏天，来利山是天然避暑胜地。盛夏，地处亚热带的德宏烈日炎炎，与其在室内调低空调的温度，不如带上三两好友到来利山上感受大自然的恩泽。登来利山时，即使烈日当头，穿行于山林之间的你走得满头大汗，依然无炎热、烦躁的感觉。黄连沟、草坝街等地的海拔在2200米到2400米之间，夏季温度在16℃左右，日温差较小，适宜的温度一定会让你神清

气爽。仰望天空蔚蓝，俯视南甸坝物阜民丰，远眺梁、盈、腾三县市山川锦绣，不上五岳也能感受何为"一览众山小"。若是阴雨绵绵，你更不必气馁，在云蒸雾绕之中，感受万物的勃勃生机，雨过天晴，穿透云层的一束阳光和蓝的天、白的云、绚丽的彩虹，更是另一种惊艳美景。

秋天，你又能看到德宏唯此独有的景色——山间红叶。笔者曾与德宏的一些摄影爱好者交流过，在德宏难找到一处品红叶、摄红叶的地方。而在来利山之上的草坝街，枫树等各种不知名的树，叶儿红满山，血染霜林醉。在这里，丛丛绿树和火红樱花点缀在遍山红叶之中，你能品到秋风萧萧，但同样能品到温暖怡人，更能品到叶落深秋的严酷和月牙初展的勃勃生机。坐在山冈上，望着逶迤绵延不尽的群山，遍地金黄的南甸坝，山远天高烟水寒，好一幅美丽极致的山水画！

德宏的冬天没有千里冰川，更没有万里飘雪，除了多加件衣

服，似乎与其他季节没有什么区别。但在来利山，却有两种美景不得不看：一种是遍布草甸的霜雪，一种是缭绕天地之间的雾。观雪、赏雾要起早，最好是露营。当清晨第一缕阳光刺破天地之间的时候，皑皑的白雪（当地人也叫马牙霜）覆盖于树下、草甸上、小溪旁，加以声声鸟鸣和飞舞其间的蝴蝶，既有冰天雪地之景，又有鸟鸣虫舞之趣。当太阳照在雪上，雪化成涓涓细流滋润大地，又化作缕缕青烟袅袅升起，萦绕在半山之上，雪花、晨雾、暖日和耸立于云海之上的山巅，似天堂，似仙境，让人屏住呼吸，不忍亵玩。

在来利山，浏览的是大自然的绚丽画卷，讲究的是人与自然的和谐相处，体会的是四季变化的生生不息，品味的是远离物欲喧嚣世界的修身养性、身心合一。古人说，仁者乐山，智者乐水。穿行于来利山间，吸收的是天地灵气与日月精华，感悟的是有声有色的咸淡人生。

❶❷ 大树杜鹃

第六章 绿水青山 天然氧吧

春花烂漫——仙人垴上赏花去

阳春三月，风光明媚，风和日丽，循着时光的足迹，邀一众挚友佳人，仙人垴上赏花去。

天空湛蓝如洗，山路蜿蜒迤逦，车行处，佳木繁荫，山水交替，路随山转，景随车移，目之所及，美之所至，沿途如影随形。经回龙寨，穿大厂古街，过梨花村，越赵老地，只见车来人往，鸟语花香，漫山碧透，半个多小时后，我们便到达了此行的目的地——大厂乡仙人垴。但见巍峨的山冈高耸入云，遍山的草木葱茏茂盛，芳草萋萋的草地上牛马成群，火红的山茶花在山坡上迎风招展，似乎早已在等待着召唤远方的客人。为了铆足劲攀上高峰，大家便在山脚停了下来，稍作休整，然后再向山顶爬去。

休整过后，车便开始向仙人垴主峰爬去，路，全是土路，且多有松弛的石头横亘，使车辆攀爬不稳，甚至打滑倒退；坡陡之处也有50多度，我们坐在车上，只觉得摇摇晃晃，慢慢悠悠，竟也顺利爬上峰顶。车门打开，男男女女便像蛰伏已久的蝉儿，拱出土便迫不及待地向美丽的山顶飞去，以各自喜欢的方式拥抱自然，呼吸醉人的空气，亲吻泥土的芬芳，感受春天的神韵。

此刻，我们站在仙人垴峰顶，迎着阳光和风吟，仿佛一群登上珠穆朗玛峰的勇士，怀着"会当凌绝顶，一览众山小"的豪情壮志，俯瞰梁河、盈江、陇川、芒市、腾冲的广大河山，只见远山如黛，层林尽染，天空空宇宙无穷，亮闪闪空阔无边，微风拂来，令人心旷神怡。

登高览胜之后，人们便开始四散开去，用手机、相机拍摄各自喜欢的画面。在山顶上，一些不知名的小花如风中杨柳，摇曳盛开。在山腰上，大片的油菜花开得正盛。花，红的、白的、黄的，

❶❷ 花海

一朵朵、一簇簇、一片片，如月光宝盒绽放的霞光，令人欣喜若狂，目不暇接。有人用专业相机探寻"细微之处见真功"的景致；有人用画笔将"艺术来源于生活而高于生活"付诸实践；有人凝视苍穹，发出"念天地之悠悠"的感慨；而更多的人则是在"草色遥看近却无"的山坡上以天为被，以地为家，或仰身而卧或席地而坐或侧目而倚，谈天说地，嬉戏打闹，将青春的热情赋予无羁的岁月，让烦躁的心灵在纯美的环境中返璞归真。鸟儿在树林中啁啾，牧童在悠闲地放歌，那山、那水、那人勾勒出一幅迷人的画卷，我们从下车伊始，心便已经醉了。

"神驾"阿峰将车子开到身旁，打开音响，摇下车窗，腾格尔那首穿透岁月的《天堂》和云飞《在那东山顶上》的歌曲便在山坡草地上回荡，陶醉得我们只想让时光在那一刻驻足，唯美的种子在刹那间发芽生长。一曲终了，我们才从迷离中

醒来，准备打理这一天的餐饮娱乐：有的烧火，有的捡柴，有的烧烤，有的玩牌……人们高声地笑着、闹着，宁静的仙人垴因为我们的到来而显得生机勃勃。一只小狗不知从哪儿探得消息，循着烧烤的肉香，在众人间快乐地跑来跑去。

　　此刻，远离了生活的琐碎，忘却了房贷的压力，我们只有亲吻自然的欲望和探索原野的天真。就在大家品尝美食的当儿，我和几个驴友带着相机往山那面走去。半山腰上，大片的二月兰和荠菜花开得正盛。坡并不陡峭，路也并不遥远，不一会儿，我们便到了跟前，开始用手机、相机不停地拍摄，忽而指点江山，忽而童子拜佛，忽而观音坐莲，练家子的阿纯直接来了个倒悬，并以倒悬之姿在草地上连跑了数十米，把我们一个个惊得目瞪口呆。山风拂来，一片片花海摇曳生姿，红的、黄的、粉的……犹如一个个美丽的花仙子，把我们簇拥在群山万壑之间。我们一个个乐不可支，不停地变换着角度，按动着快门，拍出一张张精美的照片，用这难得的"杰作"装点我那可怜的艺术门面。

　　拍摄归来，美食家们制作的烧烤已经熟了，大家便开始尽情地享用珍馐。艳阳高照、清风拂面的午后，我们开始玩"抓小鸡""找朋友""捉强盗"等各种让人爆笑的游戏。风声、水声、笑声交织在一起，谱就人间动人音符；山坡、草地、人影构成了世上最美图案。我们吃着、玩着、闹着、笑着，忘了时间、忘了自我、忘了归途，直到日暮苍山远，寒鸦落日归的时候，才恋恋不舍地踏上回家的征程，让记忆的长河永远定格在仙人墕那朵朵山花中。

夏山如碧——青山隐寺古茶园

在祖国大西南，在横断山脉西部，有一座神奇、美丽的山峰，群山叠翠，清泉潺潺，山花烂漫，古茶飘香，这就是梁河县的青龙山——云南魅力古茶园。

青龙山山顶有个大石头，像是一头老牛趴在山顶上遥望着太阳西下的万里山川。每当云雾翻滚，这石牛又像是匍匐在滔滔云海之间。因此，人们把这大石头称为"石牛望月"。

要爬上伸手可以抚摸蓝天白云的青龙山主峰，游客不得不咬紧牙关，流淌一身汗水，顺着当年和尚、尼姑和村民开凿的天梯往上攀爬，才能到达峰顶的石牛望月。登高望远，德宏大好河山一览无余，远处金黄色的田坝子若隐若现，山下恬静的小村庄坐落在森林的怀抱中，美不胜收。

由于气候温和，雨量充沛，青龙山四季有花开，花香十里坡。盛开的白杜鹃，在云雾中吐露着芳香，在大雨中傲然枝头。每一朵山花，不管有没有名分，她们都在努力把青龙山装点得更美，让青龙山的凉风带着花香，吹过周边的树林，渗透每一片茶叶。

云雾缭绕的青龙山生长着数不清的野生古茶树，树龄最

阳光普照的青龙山古树茶林

大的有 1300 多年，树龄在 100 年以上的居多，树龄超过 500 年的野生古茶树有 5000 多棵。从株行距来看，青龙山的野生古茶树很像人工种植的。究竟是谁种植的这些野生古茶树呢？据《梁河县志》记载和梁河民族历史研究专家考证，明朝以前，梁河地区的居民以傣族、德昂族、佤族为主。明朝以后，随着沐英"三征麓川"大军进入滇西，汉族和其他民族大量迁入梁河，多数德昂族、佤族的先民离开了他们居住和经营了千年以上的美丽家园、茶园。另据《梁河土司简史》记载，东汉建成元年（前 25 年），居住在梁河的傣族、佤族、德昂族的先民就开始在大盈江流域的梁河区域种植茶叶。

全国许多茶叶专家考察梁河的千年野生古茶园青龙山后指出，梁河青龙山野生古茶园属野生型向栽培型过渡阶段的茶种，可以称

❶ 正在采摘古树茶
❷ 古树茶饼

为"过渡型野生古树茶"。青龙山的野生古树茶叶面厚实,油润光亮。由于与树木、杂草伴生,茶树没有病虫害,根本不需要喷洒化学药品,也不需要使用化肥增加肥力。可以说,青龙山的野生古树茶是真正的绿色产品。

良好的生态造就了青龙山野生古树茶十分丰富的营养物质,水浸出物含量达48.39,氨基酸含量8.40,茶多酚含量31.04,是制作红茶和普洱茶的好原料。由于生态和多方面的因素,采用青龙山千年野生古树茶制作的红茶汤色金黄透彻,入口即甜,香气浓郁,新茶如兰幽香,老茶香如八月桂花,喝后养胃安神,对消脂减肥、防癌抗癌具有明显的功效。

第六章 绿水青山 天然氧吧

秋高气爽——云海徜徉"最"梁河

梁河多山。秋冬两季，梁河境内云海频现。

每到云海季，我清晨的绝大部分时间都是在追逐拍摄云海的路上。雨后的深秋和整个冬天，南甸坝、曩宋坝、芒东坝、勐养坝等几乎都笼罩在茫茫云海之中。观赏云海胜景的地点众多，其中以芒东镇清平村的万灵寺为最佳。

行至路穷处，坐看云起时。从梁河县城驱车30千米，一路崎岖坎坷，人迹罕至。行至清平村路尽头，一座神奇的寺庙耸立在山巅，险峻绮丽，称万灵寺。据闻，万灵寺已有百余年历史，庙宇虽小，但灵验无比，因而名气不小。寺依巨石而建，四周山林中古木参天，怪石嶙峋。立于寺前圆形太阳门前，日升日落，斗转星移，一览无余；晨钟暮鼓，鸟唱虫鸣，万物袅袅之音，尽收耳畔。

为了不错过云海的每一个精彩瞬间，我曾夜宿清平古寺。入夜，万籁俱寂，让人难得的平静，没有灯光，没有城市的喧嚣，没有世俗的叨扰，一切似乎回到了生命开始的地方。躺在寺内的楼房上，抬眼就可望见天穹璀璨的银河，什么都可以想，什么都可以不想，时光在对云海的期待中缓缓逝去。天未全亮，我按捺不住迫切的心情，快速起床等待日出。

清晨的大山是清凉而充满诗意的，随着气温的升高，山间的云雾陆续涌向低洼开阔的山脚，厚度和高度逐渐上升，慢慢集结成为一望无际的云海，一直蔓延到脚下，似乎要把古寺和群山吞没。

几乎是一瞬间的工夫，天边七彩的朝霞由浓转淡，太阳从云海那头一跃而出，温暖的阳光洒向云海，把云雾染成绯红，一点点蔓延开来，如梦似幻。缓缓升起的朝阳使雪白的云团由静转动，如海浪般在空中翻滚碰撞，浩瀚无比。立于山顶俯瞰，如临大海之滨，蔚为壮观。云海深处，山峦时隐时现，变幻莫测，让人浮想联翩，仿佛进入人间仙境。闭上眼，恍惚中我飞升为仙，泛舟蓬莱仙境，

镜头与云海

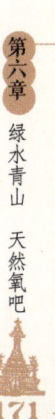

所到之处，云雾轻柔，繁花飘浮在虚无缥缈的空中，百鸟之音不绝于耳，伸手即可触摸万米山峰。正沉醉间，倏地，琼楼玉宇、天庭楼阁已在眼前，众仙正在云雾之间谈笑风生，朝我挥手致意……

延时镜头下，流动的云海有着说不出、道不尽的美，那种美是壮阔的美，是深邃的美，是震撼的美，那是属于大自然的神奇力量，也是属于热爱自然、亲近自然、痴迷摄影、憧憬美好生活的人的专利。

巍巍群山，滔滔江河，一切事物遵循着万物守恒的定律。太阳升起又落下，花开了又谢，时光却一去不复返。庆幸的是，涌动的云海朝起朝散，第二天又如约而至，就像一个多年熟识的老朋友，无论见与不见，无论你来或不来，它都静静地守在那儿，每天都一样，每天又都不一样，平凡又神秘，平静又澎湃，内敛又豪放，一切都恰如其分，一切都妙不可言。云海，以一种最为宽广、包容、温柔和恬淡的胸怀，润泽着山间万物，守护着梁河神奇的山水。

云海徜徉最梁河，神思飞跃几万里。云海季又将至，收拾好心情，背上行囊，看云海去！

冬日暖歌——小城的温泉故事

温泉，是地球母亲赐予人类的宝贵资源，也是人类的亲密"朋友"，每当劳动过后或气温下降，到温泉里泡一泡游一游，自有一种说不出的惬意与舒爽。葫芦丝之乡梁河自古就是温泉福地，全县17处温泉犹如一串串珍珠镶嵌在这片锦绣山河上，使这里的山川河流更加钟灵毓秀，熠熠生辉。

龙窝温泉：梁河的后花园

从梁河县城遮岛驱车往西南方向行驶2.8千米，有一个佳木繁荫的小山洼，闻名遐迩的龙窝温泉就坐落在这儿。雄伟的高架桥下，一口圆形"滚锅"水花飞溅，滚烫的温泉水汩汩而出，向低洼处哗哗流去，滋养着周边的田园村舍，让这方水土格外与众不同。

传说很久以前，龙窝温泉在龙窝寨下面，出一小滚锅，温泉水高五六尺。有一天，一愣头青杀了条狗去滚锅里烫，因腥味太重，惹怒了龙王姊妹，遂准备搬走。在一个风雨交加的夜晚，路人见长得十分漂亮的两姊妹淋着大雨走出洼子，就好奇地问："你们淋着大雨，又没有打伞，要到哪里去？"两姊妹说："我们在这里待不下去，要搬走。"路人不忍两姊妹淋雨，遂递给她们一把伞说："雨大，你们先躲躲，等雨停了再说。"两姊妹见这里的人善良，不忍远去，遂只在原地挪了挪身。过几天，人们发现小滚锅的温泉水停了，寨子上面的洼子里开始冒出更大的温泉水，高达

龙窝

❶ 龙窝温泉出水处
❷ 龙窝温泉全景
❸ 龙窝温泉泡池

丈余,大家这才醒悟过来,原来前几天遇到的是化身成人的龙王两姊妹,幸亏有人给她们递了把伞,否则,龙窝温泉不知会搬到哪里去。于是,寨子里为纪念两姊妹,把温泉水取名为龙窝温泉,把寨子取名为龙窝寨,再也没有人敢到温泉里杀狗了。

现在,在温泉周围已经建成了宾馆、酒店和游泳中心,这里成了人们休闲度假的好去处。

龙窝温泉出水量每小时达100立方米以上,温度达95℃,富含各种人体需要的微量元素,对治疗皮肤病、风湿病、腰腿疼痛均有一定疗效。由于它距离县城近,交通便利,设施齐全,深受人们的青睐。2012年,龙窝温泉被成功引入县城,建成了金塔温泉酒店,缩短了人们的行程,多了一段畅享温泉的时光。龙窝温泉成为全县人民幸福的后花园,

第六章 绿水青山 天然氧吧

❶❷ 底养温泉

亦是外地游客争相前往的休憩宝地。

底养温泉：一块遗世独立的宝地

在梁河所有的温泉中，最秀丽的当属底养温泉。位于勐养镇帮盖村委会底养村的底养温泉，幽藏于勐养江畔的竹林深处，四周山峦起伏，前面江水浩浩荡荡，相距不到1000米的两股温泉如两朵姊妹花，在离江面数米的地方缓缓流淌。

关于底养温泉为什么会水出两处又相距不远，如同姊妹两个并排守在江边，还有一个动人的传说。相

底养温泉外景

传很久以前，一天，龙王在勐养江里巡游，到底养时，他被江边美丽的风景给吸引住了，便化作一老者上岸休息，顺便考察一下当地的民风民情。他刚一上岸，正好看到一个年轻人在田里劳作，便上前与之攀谈，年轻人友好地一一作答。这时晌午到了，年轻人便拿出晌午饭与老者分食。老者见田里的庄稼长势并不好，沙田又干又硬，耕作起来十分费力，就问年轻人想不想用热水泡田。年轻人说："当然想，可温泉水出在远离田地的江边，江水时常泛滥，开沟引渠非常不易。"说完无奈地叹息。老人听了哈哈大笑，说："这个不难，今天你分了一半食物给我，明天我也分一半温泉水给你，让它滋润你们的土地，方便你们洗浴。"说完人就不见了，年轻人这才知道自己遇到了神仙，连忙跪拜。第二天，年轻人惊喜地发现，就在离他家田地不远处，一股温泉水从江边汩汩流淌出来。

底养的两股温泉，是两股流动的巨大财富。如今，靠里的温泉已经被人初步开发了，他们用腾冲火山石筑起积水台，用竹篱笆围起泡池，建起了游泳池和食馆，使"温泉水滑洗凝脂"成为常态，每一个到底养温泉的人，都能感受到那特有的舒爽与惬意。

底养温泉，一块遗世独立的宝地。

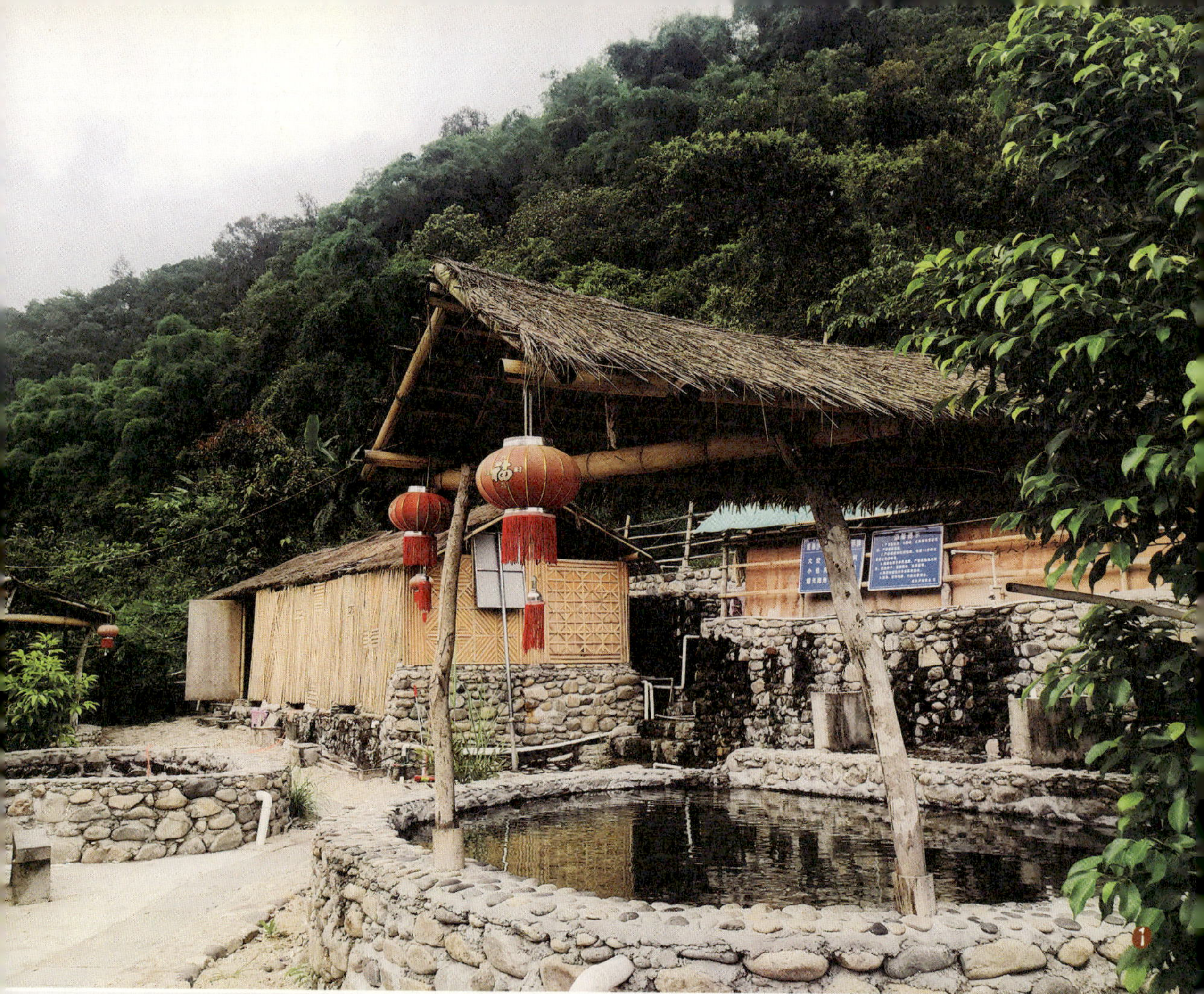
1

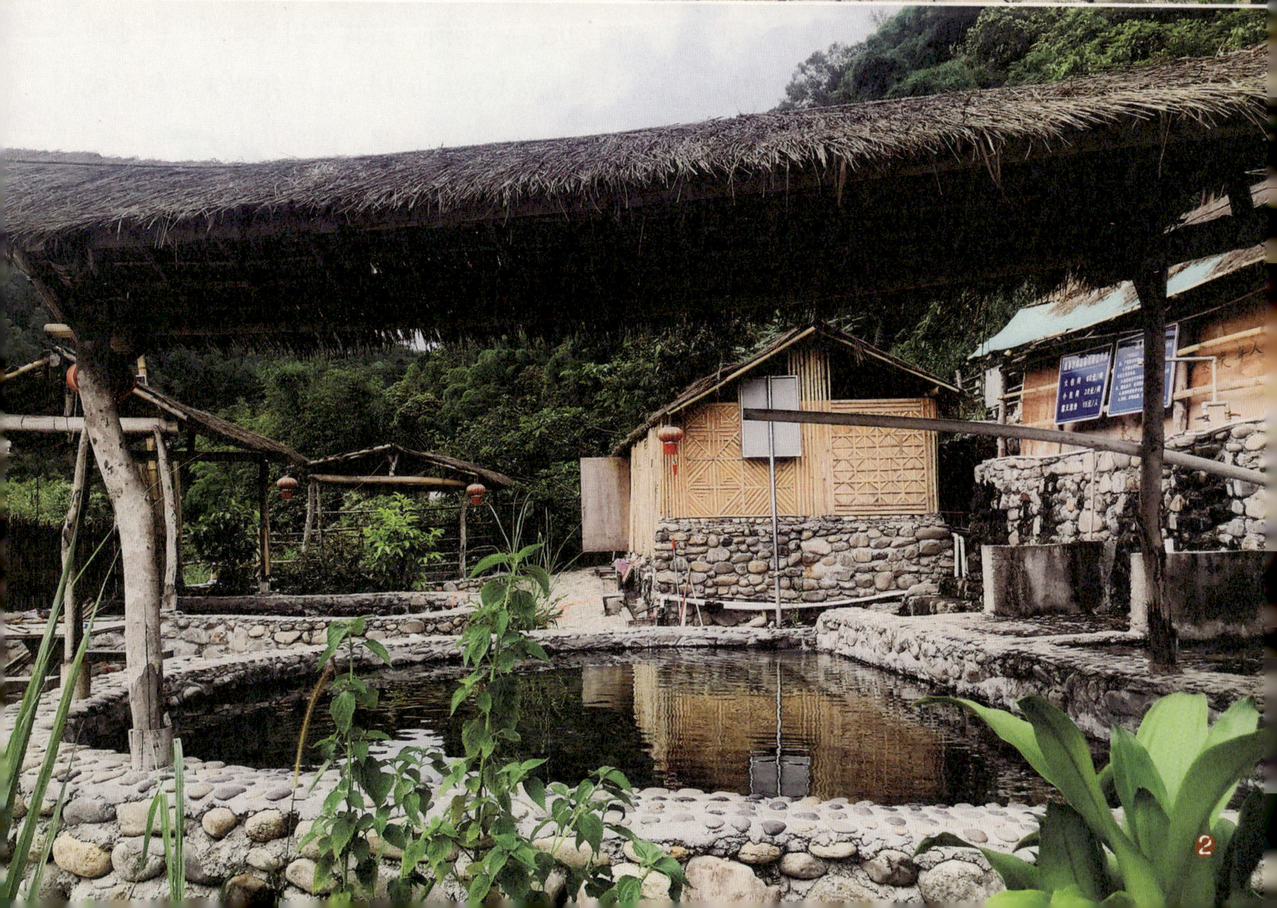
2

逛，梁河的多彩风情

千年的历史，沉淀了梁河多姿多彩的地域风情，繁衍生息在高山深处的村庄，房前屋后茶香缭绕，鸡鸣狗吠，一派世外桃源的景象。东山梁子上的大厂老街，曾有过繁华鼎盛的岁月，富有神秘色彩，被称为"民国老街"；海拔最高的人工山巅水库"油竹坝"如落入凡尘的明镜；令人震撼的湾中河两个瀑布群——金鸭子洞瀑布群和银鸭子洞瀑布群；山势巍峨的铓古山弘阳寺、神奇壮美的象脑山、勐底河畔大金塔、城中"翠湖"龙潭公园等等，把梁河串成珍珠一般，向世人展示出她动人的模样。

亲近村庄的醉氧之旅

位于德宏北大门的南甸城——梁河，因其"川长坝窄"的地理结构及历史原因，许多村民都选择依山而居。几百年以来，便形成高山深处世居的许多村庄。大厂乡的赵老地，便是其中之一。

与赵老地初识是2012年的冬天，一帮朋友应邀去"看灯"（永安灯，每隔三年表演一次）。之前只听说村庄就在东半山的山腰上，想来也不远。恰逢周末，几个朋友便租了一辆车出发了，司机恰好是大厂人。车顺山路而上，才发现山路竟不止十八弯……一路上，车行于巍巍山脊上，路旁的山樱花开得粉红娇艳，曼陀罗花开得冰清玉洁，映山红也粉紫粉紫地打着花苞，还有绿油油的茶园，像一幅幅质朴的油画，依山势的起伏变化、活色生香。

翻过第一道山梁，途经一处村寨，但见房屋错落有致，红瓦白墙，让人有一种深山之处偶遇苏州的错觉。寨门一面墙上写着"全国文明村"，这让大家有些惊讶：这山头上，密林深处的茶园旁，

云蒸霞蔚的梁河

竟有一个全国文明村？！开车的司机介绍，此村寨名叫"荒田"，是一个阿昌族山寨，因为种植"回龙茶"才有了今天面貌一新的村寨模样……听了这话，不禁让大家对回龙茶多了几分敬意，一种植物能承载几代人生存的梦，让一个村寨甚至更多的村寨实现蜕变，走向致富路，这本身就很了不起。

　　车随着发动机不断加油的声音，一路依弯而上，途经回龙寨时，空气中飘荡着淡淡的茶香，沁人心脾。司机说，梁河县的茶叶统称回龙茶，但最好喝的还是在回龙寨附近种植的。这附近有茶厂，沿路村寨中还有不少手工作坊，开车经过这里时，常年都是茶香四溢。后经了解，正因为回龙寨是梁河县最早种植、制作、销售茶叶的村寨之一，机缘巧合才有茶名"回龙茶"。如今回龙寨里修建了回龙茶博物馆，附近的茶山上建造了"茶圣"陆羽的雕像，茶园间修了赏茶的"茶道"，茶园里每年都会举办采茶比赛、山歌比赛、山地自行车比赛……回龙茶多个品牌被推出获奖，被更多的消费者喜爱，回龙寨也被越来越多的人知晓。正可谓茶因寨而得名，寨又因茶而声名远播。

　　车行至大厂街，恰逢五天一次的赶集日（街子天），熙熙攘攘的赶集村民身背竹篓，从附近村庄赶来置办物品，集市一

第六章　绿水青山　天然氧吧

派繁华景象。街道不宽,车行其中需要不断按喇叭,一步一刹车,好不容易才挤出街道。为了缓解晕车的不适,一行人下了车,挤进人群,赶热闹般在集市中逛了一圈。大家感叹第一次在那样高海拔的山巅云雾中赶集,别有一番趣味。听司机说这是新集市,老集市是一条"民国老街",曾是繁华热闹的街市。一听说是"民国老街",大家顿时对此又多了几分探秘的心理,有人提出想到老街上走走看看。

老街在大厂乡政府后边,由东向西稳居山梁上,虽已不再作为赶集地点,但走在不知被多少人踩踏过的光滑的青石板上,看着两边分布的户连户、屋接屋、檐挨檐、铺连铺、双层木架、青瓦结构的房屋,仿佛它们是穿越了时空,合着清唱的小调,从民国走来,别有古朴的韵味。这里的主人是幸福的,可以想象,在历史的昨天,家家户户屋前一铺,售卖百货或吃食,熙熙攘攘间,嘚嘚的马蹄声回荡;屋后则推窗见景,青山携着云雾及远处坐落半山的一处处村落,送来一览众山小的山水画,那是何等的世外桃源之美。只是岁月的激流总会在某个点上拐弯,烽烟变幻中让它沉入历史深处,后来路过它的人,鲜有人知道它曾经的风光。据说,火灾曾数次来袭,而这条老街却得以保全,也是十分难得。站在老街上,感受来自百年前的一条老街厚重而坚实的历史承载,你会感慨时光也是一条涤荡之河,让老街历经上百年的沧桑,仍散发着独特的魅力。

休息毕,车载着大家继续顺山而上,又行两千米左右,山路一转,车不再爬坡,而是顺山而进。路两旁村寨渐多,其中一处村寨的房前屋后都是梨树。司机说这是"梨花村",盛产酸甜可口的"蜜梨",为不少人家增添一笔不小的收入。一伙人听着,便期待有机会尝一尝"蜜梨"的味儿。

陆续又过了几个村寨,车越行越入密林,沿途林木蔽日青翠,古桥俏丽幽静,鸟鸣不停,山风徐徐,溪水潺潺,空气也越来越清新。大家深呼吸着——环境这么优雅的地方,让人有种醉氧的感

觉。有朋友看了手机定位，提醒大家海拔已是 2000 多米……就在大家对眼前的风景喜爱得议论纷纷时，车转出一个山谷，司机大声说："赵老地到了！"远远地便见友人一家已在村口等候。在村口，一块石碑简要介绍着村庄的基本情况，其中写道"……距离乡政府 8.4 千米，距县城 26 千米，海拔 2028 米，年平均气温 13.4 ℃，年降水量 1603.3 毫米，适宜种植苞谷、油菜、青菜等农作物和茶叶、核桃、滇古茶等经济作物……"

其后几天，一伙在喧嚣城市久困的朋友尽情投入村庄的怀抱，感受村庄的质朴自然和村民的热情好客，不但有幸观看了当地传承上百年的"永安灯"舞狮活动，而且还让味蕾尽情舒展——尝到了甘甜的山泉水煮的家常菜，有绿油油嫩生生的大青菜、香脆的竹笋、清甜的洋丝瓜、酸甜的树茄、苦甜的棕苞米，还有山地放养的老品种鸡和原生态的核桃、甜得腻心的柿子、香槟味的水泡蜜梨……吃多了大棚菜、农药果，忽地吃到

郁郁葱葱的林海

原生态的蔬果，味蕾还是感动了、迷醉了……真是遍尝山珍美味，让人乐不思蜀。

如果说吃吃喝喝本是家常事，那用心聆听赵老地的声音，才最是特别。

冬日的清晨，村庄在鸡鸣狗吠声中醒来，此时的空气最是清新。在村庄任何位置一站，都能看到流雾随着气温增高而慢慢升腾，逐渐弥漫着整个村庄。在此之前，不远处半山腰粉红的樱桃花正繁盛，而嫩黄的油菜花正迎春绽放；顺山而建的房屋上炊烟渐起，锅碗瓢盆交响曲渐次响起，与雾气相融，随轻风飘散在村庄旁的松林、竹林里。午后，太阳开始暖暖的，抚摸着每一片树叶每一丝路旁的嫩草，仰望天空，湛蓝、深邃、无云。村民们开始赶着毛驴和山羊，拿着工具下地干活了。闭上眼睛，此刻的灵魂是安静的，它能听到生生不息的歌忽远忽近，传唱着几百年来村庄繁衍生息的故事：用心劳作，用爱生活。晚餐后，朋友们坐在村庄小学门口的墙边，看着远处的夕阳和晚霞，聊着开心或不开心的事，仿佛时光倒回，某年某日我们也曾在山那边一个叫"和顺"的小镇巷子里，这般坐着聊着；又仿佛我们从来就生活在这里，每日里茶余饭后都相聚聊天，每个人的脸庞，都变得干净、安静、纯粹……这就是村庄的神奇之处，它能抚平尘世的喧嚣，能晒干潮湿的记忆，能注入清澈的、平静的、充满希望的能量。

在经济飞速发展的今天，最富有的人，也许不再是口袋里有多少钱的人，而是衣食住行原生态，身体和心灵都少病少痛的人，这样的回归和返璞，只有一个来处，那就是乡愁最初的孕育地——村庄。

如赵老地，青瓦泥墙的房屋依地势错落而建，面朝南甸城，背靠大山（仙人垴），村旁溪流相伴，空气清新凉爽……这样的地理位置和气候，在那些讲究人居与风情的国家，比如法国、英国、印度尼西亚，那就是"半山雅墅"，是富人才能享有的居住之所。而在我们的神州大地，往南，往西，往西南，这样的村庄数不胜数。

虽然村庄的村民大多还不富裕，但许多富豪想方设法追求的原生态、高绿化率、低容积率、天然氧吧、绿色硅谷、依山傍水的诗意栖居，这些依山傍溪的村庄主人早已拥有！特别是夏天，尽管城里烈日炎炎，只要走进这些村庄，仿佛穿越了季节，从夏天回到春天般。这样的村庄，也是如今多少久困城市，一心追求乡村民俗风情的人所向往的、寻觅的……

赵老地，虽名不见经传，却是梁河县许多村庄的缩影。相信未来，那些像赵老地一样坐拥原生态青山绿水，如天然氧吧般的村庄，一定会在乡村振兴的鼓点中，迎来美好的明天。

登上大厂那条"民国老街"

在梁河县从北往南的东山梁子中部，有一支长长的山岭向西伸出，在云雾里，犹如一只向下扑食的老虎，从海拔2200多米的铓古山扑下海拔1800多米的台地，之后一级级向县城坐落的南甸坝降下去。而在云雾中的台地上坐落着一个寨子，这就是大厂老街。

临近大厂老街，远远地便会看到一座高大的牌坊。走近，牌坊下的街心石板镶砌的大道两边，井然排列着两排木屋，房檐对房檐，木屋连木屋，很似"联排别墅"。每栋木屋各具特色，不少还保留着雕梁画栋的模样——这便是古老而神秘的大厂老街子，也有人把它叫作"民国老街"。

称呼它为"民国老街"，是因为它在国民党统治时期最为鼎盛，1935年至1949年间，曾是梁河政治经济文化中心，是梁河设治局驻地。据史料记载，这条街在清乾隆五年（1740年）就已成为集市。

高山缺水是人们的普遍印象，但大厂老街则截然不同。它

大厂古镇牌坊

　　背后的"上大厂"（寨名）与"上中山"（寨名）之间有一条河叫磨石河，清澈的河水常年欢快流淌，勤劳善良的大厂人就修了一条小渠，把这清凌凌的高山河流之水引了过来。这沟水披着薄雾般的轻纱，绕过茂林修竹缓缓流来，昼夜流淌，流到大厂中心小学22级台阶前形成落差，溅起一道道清澈泛白的浪花，形成一道迷人的"瀑布"，冲转在大厂老街的一级碾子、一级水磨、一级水碓，经老街心钻家串户，悠然地流向街子下面的田园、茶地……

　　民国早期的大厂街，依山呈东西向，街长800余米，中间为集市，两侧为"联排别墅"型木屋民居，前面开店后面居家。房屋自然古朴典雅有致，装修豪华。特别是"烧街子"前的大厂街，窗明几净，雕龙画凤，古香古色，别有一番高山之上的繁华景象。

　　据资料记载，大厂一带从清道光年间起直到民国末期，百姓生

计多以种植罂粟为主业，光绪末宣统初达到鼎盛。当时大厂街80多户居民就有20多户经商，其余均以种罂粟为业。老街街面上有烟铺、百货店、布商、金银铺、铁匠铺、中药铺、食宿店，还有独特的小吃茶馆，街上骑马带枪侍卫前呼后应，秩序井然。可谓商贾云集，市场繁荣，人流如织，热闹非凡。

旧时大厂街居民来源广泛，姓氏较多较杂。大多姓氏是明洪武二年（1369年）从南京应天府充军到腾冲落籍后迁移而来的，有一些又说是李闯王老兵的后代等。主要大姓有聂、孙、罗、杨、雷等，其他杂姓尚多，至于哪些是南京充军来的，哪些是李闯王老兵的后代，已难于考证。有据可考的是，早期大厂人远者来自江苏南京、湖南、湖北、江西、四川、贵州等地，近者来自昆明、保山。

保存完好的大厂老街

旧时大厂街的繁华让这里成为文化古街，许多老一辈大厂街人的童年，是在大厂街道自己的文化摇篮中度过的，可谓人杰地灵。20世纪70年代，大厂人就有任职云南大学和云南师范大学的教授，后来还有中国人民解放军某军分区司令员等。

作为当时梁河县的政府驻地，随着陈谢大军的入滇，云南省主席卢汉于1949年12月9日向中央和全国发出通电，向云南全省发出通令，宣布云南解放。1949年12月13日下午，梁河境内第一面五星红旗在大厂街道冉冉升起。1950年1月，经中国共产党腾冲特委批准，在大厂街道成立了有14名党员的梁河县境内第一个党组织——中共梁河特委，拥有92名共青年团员的"民青"团组织也在大厂街道同时成立。1950年2月，德宏州境内第一个由中国共产党组织领导的、有100多人的人民武装"大厂人民自卫队"在大厂街道成立。

如今的大厂街，在郁郁葱葱的铓古山仙人垴下茶园环绕的环境里，欣欣向荣地发展着，大厂回龙茶是农业农村部在德宏州唯一评为一村一品的"回龙茶"发祥地。

大厂街道背后最高峰还是未曾开发的"梁河东山最高峰"——"仙人垴"。立于仙人垴之巅，可以体验顶天立地、万山来朝、一览众山小的气势，可以看到腾冲县城、龙陵县城、小陇川坝子等，可赏晚霞铺陈，可观云海翻涌，那种天上人间的美景可以把人醉得不忍离去。

翻开大厂老街的页面，你会发现它像一只风雨飘摇的小船，满载着边疆各族人民的历史，昼夜不停地追赶路程……

山巅聚渠油竹坝

小厂乡气候宜人、冬无严寒、夏无酷暑，雨过天晴之时，云雾

缭绕，似有仙女下凡，宛若仙境。山巅有一水库名油竹坝，别有一番风景。

若是偷得一日清闲，不呼朋，不唤友，一早，一人，一车，蜿蜒而下，山间小路幽幽静心，如此清新，水或许也会有一丝看头。小路尽头，一片豁然，就算不是风水先生，也会在这里感叹一句"好一块风水宝地"！

不知是周边茶山的绿色生机映衬着水库的"清静"，还是水库的"清静"滋润着周边茶山的绿色生机，山与水在这里相生相存，偶有调皮的鱼儿跳起，搅动出一片涟漪。想要抒发一下心中的激情，苦思冥想之后你便会莞尔一笑，一片豁然。百年之中不知有多少文人雅士在此感叹自然的伟大，多少美妙的诗篇在这里"出生"，我们岂不是如小儿一般，是用先人的激情来抒发今世的山水罢了！

一潭死水会有如此魅力？"为有源头活水来"才会有此韵

油竹坝水库全貌

味。山间小溪自葱翠的树林间缓缓向那里汇聚，无数条小溪流于地势平坦处相会，欢笑着、奔跑着、欢聚着，不知不觉，它们累了，便静静留在此处，偶有欢声笑语，也会渐渐化为平静，说的是水，亦说的是到这里沉淀下来的心。

　　早晨，雾未消，朦朦胧胧，似真未真，似假未假，真是好一处蓬莱仙境。环山绿荫中，如同翡翠丛中一颗耀眼闪亮的明珠。风光秀美，水清澈见底。水畔青草茵茵，沿着岸边行走，水里形态各异的水草在水下摇曳着多姿的身影。采茶人的身影早已在茶山，用辛勤的双手，唤醒沉睡中的油竹坝，不知为何，那人，那水，那山，那景在这里如此和谐而完整，好似本就应该是这样，被大自然所应允。那一片片茶园的鲜活，那采茶人的山歌声在油竹坝环绕，一静一动，完美地融入油竹坝的山水间，不，是将油竹坝衬托得更加无瑕。

　　人至山水处，寄情山水间。山为静，水为动；山为情，水为

性。动静互生阴阳，天性净化心灵，山水可涤躁心、凝静气，洗心养身。天地之美寓于生命，山川草木蓬勃风茂，郁郁葱葱。油竹坝的水总有一种鬼魅，让人不敢亵渎。明明活水不断，却少有流水的动静，总觉得还欠着什么。这时，湖水荡出层层涟漪。对，是风。

因为有风，小厂的山有丝丝生气；因为有风，小厂的水有一点点灵犀；因为有风，小厂的人有滴滴灵秀；因为有风，小厂成为我梦中的仙境；因为有风，小厂的所有都拥有仙灵；因为有风……

山，高大伟岸，屹立在湖畔，滚烫的身体因油竹坝库水的滋养而风度翩翩。

水，似飘逸的秀发，清澈透明，纯真浪漫，无忌地奔流。在不经意之间，落在了山的胴体上，清爽透亮，沁人心脾，渗透细胞，令山陶醉。

风依旧在，似歌在吟，似语呢喃，似曲在奏，似调回肠，不禁迷醉。"当当当……"不知不觉中，一声马铃响彻山巅。千百年来，日月轮回，库水依旧。和谐、宁静，永远是这块土地的主题。从过去到现在，库水如母亲一般润养着茶园，养育着辛勤的劳动人民，孕育着劳动人民的朴实、勤劳、认真的品格。马帮的脚步印刻在这里，茶园里的欢歌交织在这里，制茶人的汗水滴落在这里，喝茶人的感叹印证在这里。时刻提醒着小厂人不忘本，不忘家乡，不忘库水，更不能忘库水延伸的精神内涵，才能不忘初心，砥砺前行。

烟雾缭绕处，人影三两家，碧潭映青山，空谷翠鸟鸣。颇有一种王维笔下的"松下问童子，言师采药去。只在此山中，云深不知处"的意境。这样的山水，你是来？还是不来呢？

湾中村的两个瀑布群

说起瀑布，大部分人只知道黄果树瀑布、黄河壶口瀑布、庐山瀑布、镜泊湖瀑布等。云南省虽然山多水丰，但常被世人所知的瀑布也只有罗平九龙瀑布、石林大叠水瀑布、楚雄三潭瀑布、丽江扎朵瀑布等十来个瀑布。说到德宏瀑布，也仅有瑞丽莫里瀑布被世人所知。可见天然瀑布资源稀缺。而今天要给大家介绍的，却是还未在世人面前展露真容的湾中河两个瀑布群——金鸭子洞瀑布群和银鸭子洞瀑布群。

金鸭子洞瀑布群和银鸭子洞瀑布群位于湾中村旁，在芒东镇萝卜坝子头，距潞盈公路和芒梁高速约10千米，处于梁河县地图的中心地带，位于东山梁子最高峰的仙人硇和第七峰的青龙山（二石牛）西面。青龙山面前有一座金钟罩般的大山就是湾中后山，该山与盈江县油松岭上的大鼓硇呈东西相向，互为争雄之势。

仙人硇海拔2445.8米，青龙山海拔2399米，而湾中村海拔1300米，落差1000多米。其中发源于仙人硇南侧和青龙山北侧，向西流到湾中村北边的河流叫湾中河；发源于青龙山南侧陡坡和小寨子后山，同样向西流到湾中村南边的河流叫派来河。

由于湾中村后山的南北两侧山高谷深，石壁挺立，落差巨大，河流湍急，经亿万年的河水冲刷，就形成了一道道瀑布——金鸭子洞瀑布群处于村北的湾中河上，银鸭子洞瀑布群处于村南的派来河上。湾中寨子则坐落在两个瀑布群中间的一个半坡上，从寨子到瀑布群，往南往北都不超过2千米，而且都有灌溉稻田的大沟通达瀑布群。

湾中左右这两条河，流到与寨子大约水平相当的位置，河道已开始平缓，河面也逐渐开阔。所以，出了河口，外面已是成片的良田。

下面，"从金到银"带领大家依次探秘两个瀑布群。

瀑布

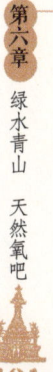

　　金鸭子洞瀑布群，就藏身湾中河河口往里300多米的地方，其跌水上面就是一条大沟的取水坝。从田头谷口蹚着清凉的河水进去，河道较为平缓，河面通常只有两丈宽，前行100米左右，先是遇到一个五六尺高的小瀑布和一个清澈的积水潭。借助支撑物翻上去，再走100余米，忽见左边20多米的高处石壁上，飞奔下来一条银色的"跌水"落到河中，半空溅起一片白色的水雾。这个跌水是由河的上源引去附近电站发电之后的回龙水形成的,算是人工瀑布。从此处再向上攀爬一百余米,又到了一个约5尺高的跌水冲积而成的转水潭。这个转水潭就是金鸭子洞瀑布脚下第三个跌水潭了。此潭虽然只有20多平方米,且只有胸口深,但水质清幽,水色深蓝。据老辈人传说,这个转水潭在古时深不见底。曾有人砍了一棵三四尺长的竹子探下去,竹竿在潭里打了几个漩涡就被吞下去了,再没有浮起来。不知现在掏掉这些沉积潭中的砂石,还能不能再现那古老的深潭。

沿着跌水潭边光洁的河床巨石走上去,就到了金鸭子洞瀑布脚下的第二个跌水潭了,站在这个潭边的大石头上,金鸭子洞瀑布的全貌就能完整地展现在面前。

所谓金鸭子洞,是指瀑布跌落的石壁上有一个亿万年水流冲刷形成的石洞,像一个长葫芦般镶嵌在石壁上,长七八尺,宽深各三尺左右,从跌水一直垂到崖壁半腰。这石洞底部还形成一个窝坑兜了一下,银色的瀑布要先落入这个长洞里的石坑,才翻着水花从洞窝里漫出来,再经六七尺高的石坎落成齐腰深一个跌水潭。这个跌水潭六七平方米,河水从潭边漫出来再从两米多高的崖壁落下去,又形成一个二十来平方米宽的跌水潭,包括前面说过的转水潭就成了三叠瀑布三个潭了。这几个潭从上到下,一个比一个宽大。好像它们就是在一个巨石上挖凿而成的,所以潭水个个清澈、干净。水流带着哗哗声响、翻着朵朵浪花,一叠一叠落下,一潭一潭荡开,如大珠小珠落玉盘,远远望去,堪比庐山瀑布的"飞流直下三千尺",既好看又壮观。水珠溅在身上,清爽怡人。

在这个长葫芦形洞窟上边还有一个石棚,石棚里有个石瘤,像一个鸟窝。传说,在这条河里,每到秋天的谷黄时节,有缘人就会见到一对金黄色的鸭子从河里飞出河谷到田坝巡游,又从田头谷口飞进河里,到瀑布这里就不见了,可能是钻进石窝里去了。所以人们就把这个瀑布叫作金鸭子洞瀑布。

金鸭子洞瀑布不以水势浩大和落差高而著称,而是以断崖上的洞窟、瀑布的三叠三荡而有名。尽管五六月份是枯水季节,河的左岸还分了一半水去发电，河的右岸又分了一沟水去灌田，但仍有可以转动水碾的流量在河床里欢奔撞击，保持着奔放的英姿，常年如此，从未干涸。

金鸭子洞瀑布群，除了前面已述的三个瀑布外，往上三百余米的河段内，还有三个或胸高或人高或六七尺不等的小瀑布，还有一个狭窄陡峭的连续性三拐跌水，每跌两三米高，人们称为牛棺材。翻过这段牛棺材陡水再往上行，则河道较为平缓。一直进到公路的大石桥下，这段五六百米的河道上，还有七个高度两米以下的小瀑布，可供人们尽情游赏。

探访金鸭子洞瀑布群后，派来河上更精彩的瀑布群还等待着我们去探秘。那就是金鸭子洞幕布群的姊妹洞——银鸭子洞瀑布群。

派来河流程不长，但山势陡峻，河道逼仄，与湾中河相比，瀑布以高空跌水为显著特征。派来河引水灌溉的沟渠有上下两条。上条沟的取水坝就在银鸭子洞瀑布脚下。沿沟埂一直到河口，三叠瀑布就展现在人们面前。由于先前已探访过金鸭子洞，所以这时你会惊奇地发现，这个瀑布竟然同金鸭子洞瀑布一模一样，简直就是金鸭子洞第二。同样在断崖下面五六尺的地方有一个石洞，跌水先入石窝，再跌下五六尺形成一个方圆丈余的积水潭；水从这个潭漫出，再跌下五六尺又形成一个更大的积水潭。村民灌田的大沟就从这里引出去。正是这个瀑布的形貌与金鸭子洞瀑布极其相似，人们才把它叫作"银鸭子洞"瀑布。此洞与其姊妹洞稍异的地方，只是跌水断壁上的洞窟稍浅稍小一些，其他几乎相同。

观两个三叠三潭的瀑布，让人对跌宕起伏一词的含义体会得更加真切。把两个相似的瀑布放在村两边的两条河上，又更令人相信这是天公地母的有意为之了。

在银鸭子洞瀑布往下三百余米的河段，是藤蔓、灌木遮蔽的陡峭河谷。河里还隐藏着三四个小瀑布，有的水声轰轰作响，有的哗哗欢笑，需要砍开荆棘才能见到跌水。到了下条沟的取水坝脚，则是一个十多米落差的高空飞瀑。绕到瀑布脚下，只见一道水练凌空飘下，跌水冲积成一个一丈见方的水潭后，又流下荆棘丛生的河谷，静静地流去，继续灌溉着两岸的农田。

派来河更精彩、更惊心动魄的瀑布，还是在上游。若你从银鸭子洞旁边的石壁继续往上攀登绕行一百来米，会看到一段五叠相续的宽泛急流，也可称为五叠小瀑布。这是一个与高空飞瀑不一样的景致，它一浪一浪跳跃翻滚而下的形态，伴着欢快的水声，使人倍感身心愉悦和精神舒爽。

再往上四百多米的河段，还有一人高左右的小跌水三个，三四米高的跌水三个。越上去越高，就越接近那个令人惊奇的高空瀑布了。

终于，当探秘的人从旁边的石壁攀藤而上，进到只有五六尺宽的河谷里面。只见两边是高耸百米的石壁，上面布满了根须和蛛网。蹚着夹道的河水进去三十来米，正前方已没有河道，只有石壁立在面前。却不料从右侧石壁上十几米的高空，飞流下来一道水桶粗的瀑布，仿佛劈头盖脸向你浇来似的，让你惊诧不已。望着它飞奔而下的气势，使你不自觉地惊叫起来，啧啧赞叹。由于河谷狭窄，只有背靠石壁才能望见瀑布的源头。原来，这个瀑布口以上的河谷根本不是通常那种由两列石壁夹道构成的，而是直接在一列原生的巨大石壁上，硬生生"钻"通或切开一个洞形成的，那瀑布就从洞口喷涌下来。从那洞口望进去，还能见到一个小瀑布在里面流淌。

派来河无须借助特殊工具就可到访的高空飞瀑就到此为止了。但是，这个飞瀑的上面是什么？是什么样子？又吸引着人们想去探个究竟。而要继续探访这个瀑布口以上的危崖高瀑，就只能另寻路径了。为此，我们一行走出峡谷，退到外面可以攀缘的地方，继续前进。

这条河两岸的山体十分陡峭，落差有几百米。往上几百米有条转山路歇脚处，就叫小白崖，需要探秘的地方就在小白崖脚下。好在这里的崖壁上长满了茂密的林木和交缠的古藤，林木减轻了在危崖上的恐惧，藤蔓给了人们攀缘的依附载体。我们腰间别着翻菜地的小钢锄，手上握着砍刺的长刀，忽而拽着藤蔓，忽而砍开荆棘，忽而在陡到贴脸的地方挖出仅可容下半个脚掌的小窝奋力爬去。这时，才真切地体会到了什么叫作"落脚处"，什么叫作"攀登"的准确含义。

上上下下三四个"薄刀"岭干，终于断断续续见到了这条河上最惊险刺激的七个跌水七个湾。而再上去已经平缓，探险的河段终于走完了。

在河边找一块草地仰天躺下，一边恢复体力，一边听那哗哗的河水声，爽哉，妙哉……

湾中村的两个瀑布群，是梁河县独具特色的自然奇观，还有更多令人惊奇的地方，等待人们一层一层揭开它的面纱。到湾中，既可观瀑，又可探险，回到寨子还能体验阿昌族的风土人情、美食美酒，实在是一个值得人们旅游览胜的好地方。

大自然的对弈之道

弘阳寺，坐落于山势巍峨的铓古山上，建于1928年。传说建寺之前，每到风云变幻或万籁俱寂之时，行人可听到寺址处传出敲铓击鼓之声；附近仙人洞大石头上有天然棋盘，有人见下凡神仙对弈。村民奇之，遂建寺烧香祈祷。寺址向阳，建筑不奇，妙在幽静，四周古木参天，可谓寺掩绿荫中，寺藏云雾下，气候清凉爽快，堪称避暑胜地。相信细心的翻阅者会突发奇想：若能在松风月下，与天人对弈，当是人生一大美事！

如今梁河县城去往弘阳寺的路要好走得多，已不是原来的沙石土路，其中县城至小厂段正在提升改造。唯一改变不了的，是一样的盘山而上，一样的坡陡、弯急。若雨天去，一截阳光、一截雨，那雨并不会坏了心情，反倒淋得路边的树木、山坡上的茶树更加葱绿。沿途总有茶园和野花相伴，加之雨雾升腾、奔涌，让人仿若置身于仙境之中。

闲暇时与好友一同前往，当车爬上最后一个弯子到达寺前大门之时，或许就雨晴天开了！一簇簇野蔷薇攀上破旧的寺门旁的栅栏，开得正艳！寺前坡头，一棵老核桃树往天空努力伸展的枝叶间忽闪着许多绿果，像一群孩童在戏耍。站在树下，可见远远近近的山、飘荡的云雾，以及在云雾间飘摇的蒲公英一样的太阳。进得寺去，或许师父们正在忙碌伙食或其他事。噢，这千山万壑深处竟藏着一座金碧辉煌宫殿般的庙宇，完全颠覆了县志记载和人们的想象。庙宇的每一个细节都极其精彩，那飞檐斗角，那雕梁画栋，以及叮当作响的风铃，仿佛很久以来就与苍茫的山水融为一体了。据了解，弘阳寺是有田地的，山下的村民把寺院僧侣当作自家人，寺里的师父也是日出而作、日落而息的"农人"；而早课、晚课一天不耽搁，一日复一日，一年复一年。然而，他们的脸上都是灿烂的笑容，不见半点阴影，仿佛每一天的清苦都是修行。

若有人提起天然棋盘一事时，寺里的师父会乐意做向导，带领大伙去探访。出了寺门，一路沿铺满落叶的山坡下行。脚踩在叶上，发出好听的"唰唰"声响。细心的人会发现，路边或土坎上掉了一些花羽毛，那是小鸟或野禽在密林里觅食散落的。约莫半小时，行至一稍平缓坡地，向导师父慢下脚步，往右边的林子指了下，说："我师父的墓就在那。"大伙听后心间生起一阵苍凉，或许这些修行者心已安然，若林子里的树木、山坡上的石头，已与广漠星空和苍茫大地融为一体了。看天色，云在运动，有些暗了。"快下雨了！要不就回吧？"个别人犹豫了。"难得来一次，还是去吧。"有人仍坚持。多数人随即附和："已经来了，若不去以后会有缺憾。"于是大伙跟着向导师父又行了二十分钟左右。终于看

弘阳寺

见了！噢，不远处的一块平地上，愣愣地置了一块近似正方体的大石头。那，就是传说中的天然棋盘了！那一刻定有个声音在内心深处高喊起来："嘿，快看，天然棋盘！"然而那欢呼是其他人听不见的，因为它来自远古，来自遥远的梦……不显山不露水，大智若愚，若天降的陨石，仿佛洪荒世纪就已存在，谁也无法考证它的出生，又何以生成这般模样，或许它的思想中从来未有过时间的概念。一块并不起眼的石头，它的面目、它的皮肤，看似土生土长，然而它仰望白云与星空的姿势却不一般。苍茫中，千百缕光线在穿行，在将远古、现在，以及未知的世界缝合。这天地间的"石桌"，它的"桌面"覆盖了密匝匝的松针。谁也不知，是怎样的阳光和风雨，悄悄地涂绿数不清的枝条，悄悄地摇落纷纷扬扬的松花。轻轻地拨开松针，一些线条裸露出来，噢，它竟与人们脑海中的不一般，

世人都错了。在人们的思想之外的诸多事物，或许比思想里的还要灿烂，以至当某一天与它们不期而遇时，突然就心惊得不知所措了。"石桌"上的图案是浑然天成的，一个大"回"字抱了一小"口"字，中间有一些对角的模糊的连接线段。这，就是天作的棋盘了！不是构筑了楚河、汉界的象棋盘，也不是"围追堵截"的围棋盘。

当晚，雨越下越紧，大伙围在伙房的火塘边取暖，其间山下寨子来的一老叔不紧不慢地说起一件奇事：话说，老寨子一村民上山打柴，在一僻静处远远地窥见两人在一块石头上下棋。并不见他们的脸，都戴着草帽，身披蓑衣，一边下棋一边说着打柴人听不懂的话。打柴人并不知他们是神人，不敢打扰……不知过去多少时间，待打柴人分神之后再望去，咦，对弈之人已不见了！当打柴人犹豫一阵之后蹑手蹑脚走近时，却见那棋盘边散落了一些刚削的梨皮，遂拾了充饥……待沿路返回时，却发生了一件怪事：打柴人发现眼前的寨子已不是自己家的寨子了！打柴人以为走错了路，折回去一段，感觉没错呀。又折了回来。的确，已不是记忆中的寨子了！仅半天光阴，然而村道似有些熟悉……打柴人踉踉跄跄奔到一处新居门前，打开门的是一个花发早生的中年男

❶❷ 弘阳寺周边美景

子，与自己年纪相仿。问找谁？啊！这不是我家吗？打柴人一边疑惑一边报上姓名。开门人刚开始一脸愕然，之后又想起什么？！望着眼前这来自远古的面孔，张大了口："你，你你，你是……"家人、邻舍闻声而出，面面相觑。经佐证，方知这从时空之外的闯入者竟是一家人，一时间泪雨奔涌。

神奇壮美的象脑山

我自山中来，绵绵群山，司空见惯。唯有一山魂牵梦萦，久久难忘，它就是故乡神奇壮美的象脑山。象脑山，阿昌语叫"腊鹜崩"，指有豹子出没的山峦。象脑山地处梁河县境内最东端，海拔1800余米，巍峨，雄壮。其坡蜿蜒逶迤，直至梁河坝尾，因形状酷似象脑而得名。

象脑山毗邻腾冲市西南隅，作为梁河坝子东北方向一道巨大的天然屏障，在梁河低头不见抬头见。人们敬仰它的雄奇，倾慕它的壮美，无不从心底萌生了解它、登临它的想法。明崇

古刹弘阳寺

祯十二年（1639年）四月，我国大旅游家兼文学地理学家徐霞客从保山翻越过高黎贡山到腾冲，在象脑山附近遥看南甸萝卜丝庄，指点曩宋关坝子，《徐霞客游腾越记》（云南大学出版社1993年版）"觅马鹿塘道"篇中这样记录："西坞甚豁，远见重山外亘，巨壑中盘，意即南甸所托也，时雾黑，莫辨方隅，村人不通汉语，不能分析微奥。即征其地名，据云为凤田总府庄，南至罗卜思庄一日余，东北至马鹿塘在二十里外，然无确据也。"据考证，这些不通汉语的人，就是阿昌族的先辈峨昌蛮。

徐霞客站在山梁上，眺望观察，"望南坡上有数龛，乃下涉深坑，攀峻而上，共一里而入其龛，则架竹为巢，下畜牛豕，而上托爨卧，俨然与粤西无异"。这里记载象脑山南坡稀疏村落，"架竹为巢，下畜牛豕，而上托爨卧"的居民，则是阿昌族先祖的生活方式，就是用竹子盖起简易楼房，上层住人、做饭，下层关牛马。这样的生活方式，也是当时许多少数民族的生活方式。

象脑山是"南方丝绸之路"的必经之地，腾八古道是腾冲古城连通南甸一条比较直的古驿道，也是梁河人上腾冲大街所走的捷径。民国年间，笔者的外公曾任南甸宣抚司署衙门邮差，经常受命步行送信到腾越厅腾冲府，一天往返一趟，脚夫费为国币二十元。

象脑山物华天宝，人杰地灵。多少年来，生于斯，养于斯的山里人，以勤劳智慧将其描绘。你看，象脑山下，梯田层层，山地片片，牛羊成群。肥沃的庄稼，葱茏的原野，飘香的果实，还有满山动人的歌。在这如诗如画的风光里，春天，山花烂漫，鸟儿欢唱，人们纵情欢悦，辛劳耕耘；夏天，满山翠绿，生机勃勃，满园瓜果藤蔓合着人们的希冀爬满棚架；秋天，稻香果蔬，遍地流金。那火红的金椒串和灿黄的玉米挂，装点着人们喜获丰收的笑容。

美丽迷人的象脑山，是一座天然富矿。地下，埋藏着丰富的煤、铁、锡、铅等多种矿藏；林中，拥有成群的山鸡、竹鼠、野兔、豪猪、麂子、黄狸，还有山豹、野鹿子、穿山甲等珍奇动物。

穿行在山间幽静的路上，只见青松翠绿，桦桃高大，红木挺拔，香果满枝；低头细寻，林间珍贵药草，奇花异果，遍地点缀。盛夏季节，是野生菌成长的时节，各种各样的野生菌，大大小小，清清秀秀，花花绿绿，美不胜收。此时，你手拎花篮，背篾背箩，可以尽情采摘，满载而归。

象脑山把梁河和腾冲两个县联系起来，形成了天然的分界线。2007年两县政府联合上报修路规划，意图从梁河县曩宋乡关璋村修通腾冲清水乡大寨村公路，到达腾冲驼峰机场，测得路长9千米，后因各种因素制约而没有实施。虽有遗憾，却也让这一方水土更加祥和安静。

巍峨神奇的象脑山，正以她多情的双臂，迎接着热爱生活而又不畏艰险的人们！

世外桃源小勐竜

勐竜村是梁河县小厂乡的行政村之一，距县城36千米。从乡政府前往勐竜村，会经过美丽的油竹坝水库。车子穿越山间迷雾、茂密丛林，在蜿蜒曲折的公路上行驶20分钟左右，忽然眼前一亮，视野豁然开朗，整个勐竜坝子便尽收眼底：错落有致的房子，五彩斑斓的农田，安静祥和的环境，给人一种"山重水复疑无路，柳暗花明又一村"的惊喜。

勐竜村原是荆棘丛林，明洪武二十七年（1394年），原籍南京河南府的杨维旭、杨维贵兄弟二人携家眷从腾冲马常迁徙到勐竜新建家园，从此一直定居此地。之后，尹氏、申氏、康氏、李氏等多个家族也陆续迁徙到勐竜，从此勐竜村开始逐渐扩大。勐竜村气候适宜，物种丰富，生态优美，土司统治时期，被称为"田心撮"的72户耕田户直接向土司进贡，1950年被设为"直属保"，与各乡一起直接参与土司府议事。

傣语中"勐"为"河谷平地"之意,"竜"为"有险山"之意,"勐竜村"意为有险山、有平地的地方。勐竜村地处龙江流域梁河境内的二级台阶段,受白崖河、炸地河(下游称松林河)两条流域切割,形成两河夹一坝的二级台阶小盆地。境内有中低山峰、丘陵、河流冲积扇,三面环山,群山起伏,峰峦叠嶂。最高峰为铓古山顶海拔2365米的茶林脑,最低点为海拔900米的三岔河徐家田,条条山溪从林中奔流而来,汇入小坝。村内的三岔河林海风景优美,海拔1303米,面积11万亩,森林覆盖率高达74%,常年葱翠欲滴,冬季或雨后,云海频现,高低错落的山峰被云缠雾绕,宛如人间仙境。林海深处的老熊谷瀑布群,三级瀑布逐级升高,高处数十米的绝壁上,飞流如同天上来,凌空一泻而下,水花四溅,风生水起,好似"蜜蜂洒水",又如浑厚流淌的天籁之音,直达灵魂深处,让人不得不为大自然的神奇力量和鬼斧神工所折服。

　　基于勐竜村优越的地理优势及得天独厚的气候条件,使得这里环境优美,物产丰富,春种秋收,一年四季皆可耕作,成就了这里的物产丰富,素有"鱼米之乡"的美誉。

　　花开四季,稻香一秋。稻花鱼是勐竜村的一大特色,优良的水质,优越的生态环境,为鱼稻共生、鱼粮共存提供了适宜的环境,这里稻田养出的鱼,肉质鲜美,口感细腻。

　　十月的勐竜,不冷不热,稻田里花香四溢,水中落花一片,花下鱼儿成群。春天,当地村民在插秧之后,将鲤鱼苗放入田中,随着秧苗的生长,鱼苗也在慢慢长大。等水稻开花结果的时候,掉落的稻花刚好成了鱼群的食物,鱼儿也逐渐肥美。入秋,当水里的鱼吃着谷花疯长时,岸上田边地头、茶园菜地里的棕苞米也趋于成熟,山林里的蜂蛹也开始丰满起来。勤劳智慧的农家人让这三种"山珍海味"碰撞在一起,烹制出了独特的美味,后来这道美味被当地村民称为"海陆空"——"海"为稻花鱼,"陆"为棕苞米,"空"为蜂蛹。尝之,棕苞米清苦中带着丝丝回甘,蜂蛹肥大清甜,稻田鱼鲜香爽口。这道甘苦搭配菜成了勐竜人最喜爱的"家乡味",也

成了勐竜人待客的首推美食。如果有一天，你到了勐竜，一定要尝一尝这道菜，它饱含勐竜人的智慧和热情。

除了"海陆空"，勐竜的黑木耳也备受群众喜爱。这里的木耳肥大、品质好，搭配一根黄瓜做一道凉拌的小菜，清凉解暑；搭配猪肉清炒，清香美味。

饭后，可以煮一壶勐竜当地的绿茶，在茶香氤氲中，放眼欣赏田园风光。勐竜的茶要数门前山茶园的最为好喝，门前山茶园百亩连片，茶叶绿油油的，看上去一片生机盎然，在这里可以体验和观赏茶园日落、银河星空、云海日出、朝起夕落。一切因自然而起，又因自然而息，美不胜收。

❶ 勐竜村的雾
❷ 勐竜村的山

勐竜田园风光

勐竜民风淳朴，村民世世代代勤恳、善良、热情，他们用辛勤的双手，创造了今天幸福美满的生活。在这群可爱的人中，有一个特殊的群体，他们就是三岔河的傈僳族同胞，这里的男女老少都能讲、能唱、能弹、能舞，在长期的生产劳动中，创作了大量富有民族特色和感染力的民间歌曲、民间舞蹈，用民族特有的那份淳朴和热情表达着对美好生活的向往，表达着对远方客人的欢迎和祝福。

如有空闲，不妨到勐竜坝东边的新房子走走，小寨古老静朴，土木、砖木结构为主的房子，有着浓郁的地方建筑风格，寨前田园风光优美，寨中人工石磨承载着一辈又一辈新房子人的辛勤与智慧。静静地漫步在巷子里或是田间小道上，迎面吹着软软的风，感受着夕阳的无限美好，最后在寨子里朴实的农家住上一晚，回味着一天的收获，或许你会收获"世外桃源"的奇缘。

近年来，勐竜全村基本完成了河道治理、平田改土、架设引水管道、村内道路硬化、主干道道路绿化、村道路灯、垃圾处理厂、公共卫生厕所、乡村农贸市场、加油站等田园综合体等基础项目建设。未来，勐竜村田园综合体的特色农家生活值得期待。

勐底河畔大金塔

　　勐底金塔是边塞小城梁河最美的景点。若到了梁河不去瞻仰金塔，那是非常遗憾的。金塔建造于2003年，坐落在南底河（也叫大盈江）西岸，与县城隔江相望。因位于高山峻岭、青葱叠翠的西山脚下，阳光照耀下光彩熠熠，金碧辉煌，雄伟壮观，格外璀璨夺目，引人入胜。人们称其为"大金塔"，进入梁河南甸坝，远远地就能看到那金色的塔体。

　　进入梁河后，跨过南底河大桥，入口便是金塔文化广场，广场四周绿树环绕，一条平坦宽广的水泥路直通金塔。路旁花坛和榕树环拱一座小亭塔台，人们称为龙亭，小亭台上有一座小金塔，有二十多米高。小金塔在大金塔北面，隔着一条涓涓小溪，两塔之间相距约一百米，小金塔衬托大金塔巍峨雄伟，供小朋友玩耍和游人参观拍照。塔高七层，镀着黄铜，金光闪烁，造型精美，融入汉族、傣族文化艺术，相得益彰。进入小金塔，阶梯两旁护栏上雕塑两条含着龙珠、满身片鳞、金光闪闪的黄龙，龙爪锋利如钩，昂首对着金塔，是小金塔的护卫神。

　　大金塔和小金塔在一条对称轴上，雄踞在南底河与小溪的交汇处。相传当年释迦牟尼骑着白马游历到这里，在这里停脚歇息，还遗留一颗印玺在此地。此前，南底河年年发洪涝，老百姓房屋庄稼都被冲毁，苦不堪言，遗落的印玺给这块风水宝地带来了福泽，不论洪水多大，水也浸漫不到，岿然不动。在金塔东临的南底河岸上，又塑造了一匹高大的白色骏马，正

大金塔

在扬鬃奔驰，栩栩如生。金塔伟岸的塔身金光闪烁，如用上万吨黄金铸造，千锤百炼，精雕细刻，是神工鬼斧的艺术精品。它巍峨入云，如一位顶天立地、披着黄金甲、威风凛凛的天神，镇守在南底河和小溪旁，制服洪涝水魔。它龙盘虎踞，气势磅礴，欲与巍峨高耸入云的河西山比高。远望大塔，如一顶硕大无朋、金碧生辉的皇冠，又像一枚金光闪闪的印玺撒落在南底河畔。

勐底大金塔，两水环绕，华树相映。塔底座直径三十六米，高十二米，从东南西北四方位有四个台阶，到达塔的第二层。每个台阶有四十九级阶梯，阶梯有一丈多宽，由灰色的大理石铺垫，阶梯两旁护栏，伏卧着威猛的金龙，每条龙有二十多米长，张牙舞爪。金塔第二层台上，雕塑神龛宝座，宝座上端坐着面容慈祥的佛祖金像。佛祖身披黄金袍，仗势威严。屏风也是精雕细刻，用金叶和金

扇绘制而成。佛祖安然入座，气定神闲、形态逼真，惟妙惟肖。仿佛上观天庭，下察阴阳两界，世间万事都了然于胸，将人间真、假、善、恶、美、丑，世态炎凉，人心叵测，都看在眼里。神龛两侧正前方四角又建有玲珑的小金塔，四个小金塔对应着东南、东北、西南、西北四个方向，象征着佛光普照，恩泽八方，伫立在走廊上，凭栏远眺，东望波涛汹涌而来的大南底河，蜿蜒曲折，如一条巨龙劈山裂石，穿越大峡谷，声势浩大，从北向南一泻千里，奔腾而去。美丽的南底河孕育两岸世世代代生活在这里的劳动人民，灌溉肥沃富饶的土地，使得此地山清水秀，万木争荣，到处呈现出一派欣欣向荣的新气象。隔江相望东岸，苍翠的群山重重叠叠，连绵起伏，像大海的波涛，壮阔无边。太阳的光辉从东山的山谷中照射过来，如幻灯上的投影仪，把美丽的县城映成一幅壮丽的画。县城的建筑错落有致，粉墙青瓦的建筑在东山脚下连成一片。周围绿树点缀，如一个棋盘上有鳞次栉比的高楼和新建筑的别墅，层次分明。

  金塔西面，峰峦争秀的河西山相距不过五百米。一条清溪从河西山里缓缓流出，从塔侧经过，把塔底偌大的广场分成南北两半。小溪两岸都是用石头和水泥砌成，呈阶梯形，可以坐在溪旁玩耍，观鱼、垂钓、谈情说爱。溪上又建有三座拱形流水小桥，把两个广场连成一体。在小桥上可以拍照，欣赏美景。金塔广场是当地举行大型庆祝活动、集会、展销、演出的活动场所。

  最让人流连忘返、难以忘怀的是在大金塔广

远观大金塔

场举行一年一度的大型泼水节活动。泼水节一般于每年4月12日至15日之间举行。每到这个时候，人们都要浴佛赶"摆"。"摆赏剑"就是泼水节，是为了祈求来年幸福吉祥、风调雨顺、五谷丰登、国泰民安。

泼水节在傣族民间有一个神话传说：远古时代，在傣族居住的地方，有一个凶恶的魔王生性暴虐，残害生灵、作恶多端，给傣族人民带来无穷的灾难，但他神通广大，无人能降伏得了他。魔王抢来七个美丽、善良的姑娘做他的妻子。妻子们对他的作恶多端恨之入骨，她们商议要除掉魔王。聪明的第七个妻子，甜言蜜语地用酒灌醉了魔王，并从魔王的口中打听到他致命的弱点。夜里等魔王熟睡后，七个美丽的姑娘拔下魔王头上的一根头发勒住他的脖子，魔王的头滚落地下，一命归西。但魔头一落地，地上顿时燃起熊熊烈火，无法扑灭。她们又把魔头抛入河里，一时江河湖海，腐水横流，泛滥成灾。善良的七个姑娘只好轮流抱着魔头，不让魔头落地，才避免了灾难。她们相约每年傣历六月在春暖花开时节轮流交接。傣族人民为了感谢这七位美丽、善良的姑娘，用清净、吉祥的圣水洗去她们身上的血污和疲劳，之后，每年这个时候都要举行泼水节。

漫步龙潭公园

如果说想在梁河县城散步，那么，龙潭公园无疑是一个绝佳的去处。龙潭公园位于县城中心，占地60余亩，呈"口"字形。公园四面环路，周围绿树成荫，花砖墁地，长廊环绕，曲径通幽。潭

龙潭公园

水波光粼粼，远远望去，就像镶嵌于城中的一颗明珠，像极了昆明城中的翠湖，灵动而雅致，含蓄而细腻，宛若小城深情的眼睛，温柔地看着四周的景致。公园游廊式的建筑风格，人工修筑的湖堤、凉亭、走道、台阶、牌坊，和随意摆放的石桌、石凳浑然天成；湖的四周，是以垂柳为主的各种常绿树木，间或开放着火红的三角梅、杜鹃花。地下开满了一种名叫"满地金"的花儿，不管什么季节，尽是一幅春意盎然的景象。湖的东南方，一排排整齐的商住楼，淡黄色墙体，紫褐色屋顶，像头戴钢盔的士兵，忠诚地守卫着小城里的"明珠"。

天刚蒙蒙亮，公园里的花木草儿在晨露的滋润下舒展开来，释放着新鲜的氧气，清新得如同过滤过一样。早起的老同志聚集在湖面上的亭子里，有耍功夫扇的，有打太极拳的，一个个精神抖擞、怡然自得。偶尔也见年轻人穿着运动衫、肩搭

白毛巾，轻盈地环湖而跑，以饱满的精神迎接新的一天。

　　每一个来到龙潭公园的人，都会因她美妙的面容而放慢脚步，让风儿吹起紧绷的脸颊，抖落日常的辛苦与疲劳。我时常怀着一种愉悦的心情，在清晨到这里漫步或锻炼。微风轻轻拍打在身上，醉人的空气迎面袭来，令人心旷神怡。从早到晚，这里都会忙个不停，锻炼的、散步的、遛狗的、娱乐的……干什么的都有。在健身器材的一角，常有许多人在交流，他们慢条斯理地锻炼，悠然自得地交谈，一副"醉翁之意不在酒"的样子。是的，龙潭公园是一方休闲之地，人们谈论的话题无所不有。龙潭公园仿佛是一位忠实的听众，静静地聆听人们的话语，并送去阵阵凉风、缕缕花香，让每个人都能感受到特别的轻松与惬意。直到夜幕降临，华灯初上，意犹未尽的人们才恋恋不舍地离去。

　　雨后初晴，龙潭公园像一位洗浴完毕、盛装待嫁的新娘，美极了！被雨水涤荡过的公园娇艳欲滴，散发出诱人的魅力。微风拂

过，湖面在阳光照耀下波光粼粼。此时，附近影楼里的摄影师就会不失时机地带着年轻的情侣到公园里拍婚纱照，绿荫下，碎石铺成的小径上、湖水旁、亭台边，公园的美景图案都会为一对对的才子佳人留下一个个幸福、甜蜜的记忆。如果是周末，常会看到身背画板的中小学生来公园里写生。他们作画时很专注、很投入，用五彩的画笔描绘着自己美丽的人生。

飞檐掠起一潭的碧波，涟漪荡漾小城的欢乐。龙潭公园和这座小城的人们相濡以沫，用美丽的符号记录着小城崭新的生活，见证着小城一步步走向新的腾飞。

龙潭公园一角

第七章
特色美食　记忆乡愁

　　民以食为天，自古以来，梁河人民就特别善于制作美食。元朝时，土司府中的绿叶宴和景颇族制作的水酒就成了当时达官贵人的最爱。后来，中原文化的不断渗透，傣族同胞以中原"八大碗"为蓝本，制作出具有边疆民族文化特色的土司"八大碗"，成就了许多美食爱好者的口腹之欲。随着社会的发展，"豌豆粉""杷肉米线""煮汤圆""大薄片"等各种美食应运而生，将梁河打造成远近闻名的"美食之城"。

"植物燕窝"皂角米

曾作为特殊美食进贡皇室的梁河皂角米富含胶原蛋白和多种氨基酸,具有美容养颜护肤等功效。食之甜而不腻,糯而溜滑,唇齿生津,堪与"燕窝"相媲美。

网上有人问:"皂角米是什么米,怎么价格会比大米高出几十倍甚至上百倍?"

你还别说,皂角米还真是一种比较"稀缺"的谷类。皂角米,俗称雪莲子、皂角仁、皂角精,是皂荚的果实胚乳,是皂角之精华。

梁河全年平均气温18℃,冬无严寒、夏无酷暑,造就绿色生态的"天然氧吧",得天独厚的气候条件非常适宜喜温的皂角米生长,故此处种植滇皂荚已有几百年的历史。最早种植的是曩宋阿昌族乡河东、勐藏一带的居民,多在房前屋后、路边地角种植,其中,大勐藏和小勐藏存活的百年滇皂荚就有几十棵,有的树干高达15米,有的树身4人才能合围。这一带种植的品种均为大型滇皂荚,当地百姓称为"老品种糯型滇皂荚",其粒薄如指甲,颜色浅白如玉,胶质半透明,口感黏糯、润滑,泡发率和胶原蛋白都比双荚皂角米要高。

滇皂荚全身是宝,皂叶、皂角刺和皂仁均可入药,用皂叶洗澡可祛风疮;皂角刺被称"天钉",是较好的抗肿瘤、抗癌药物。据

《本草纲目》记载，皂荚主治"风痹死肌邪气，风头泪出，利九窍"；皂仁"煮熟，糖渍食之，疏道五脏风热壅。核中白肉，入治肺药，核中黄心，嚼食治膈痰吞酸，仁和血润肠"。而据现代研究证实，皂角米富含较高的胶原蛋白和17种氨基酸、9种矿物质、7种重要维生素，含植物膳食纤维及大量的植物胶质，具有较高的营养价值，能够调和人体脏腑功能，养心通脉、清肝明目、健脾滋肾、祛痰开窍、润肠通便、润肤养颜、提神补气，能有效补充人体水分，具有一定的养颜护肤功效；皂角米还是"三低"（低糖、低蛋白、低脂肪）食品，特别适合糖尿病患者食用，因此又被称为"植物燕窝"。

近年来，梁河县非常重视滇皂荚产业的发展，发动群众广泛种植，先后在曩宋、平山、九保、河西、芒东等乡镇建成滇皂荚基地40多个，种植面积12000多亩，成活率90%以上。

每年中秋前后，皂角米成熟的季节，村民们就会将成熟的皂荚从很高的树上采摘下来。皂荚采摘下来后，要将皂荚外壳剥开，将果实一粒一粒取出来，再用专用的小刀片轻轻拨开荚豆翠绿的外皮，只取里面角边包裹绿芽的一层晶莹剔透的如薄

❶❷ "植物燕窝" 皂角米

剥好的滇皂荚

膜般的果实胚乳，即为"滇皂角仁"。剥好的皂角米还要经过天然晒干，才能推向市场。

历史上，皂角米曾经是进贡皇室的美味佳肴、美颜佳品，能与高营养、特稀缺的"燕窝"媲美。而燕窝自古以来并不是一般的平民百姓能消费得起的。现如今，在梁河的许多平民百姓家却是家家都能吃上一碗色香味俱全的皂角米粥做的"平民燕窝"。

皂角米的做法很多，其中最受欢迎的当属枸杞冰糖皂角米粥。主要做法是：选用皂角米、野生金耳和银耳、枸杞、红枣、桂圆、桃胶、黄冰糖，先将桃胶、皂角米、金耳分别加冷水泡发12小时，银耳泡发3小时；桃胶泡好后清洗杂质，金耳、银耳泡发后去掉根部，撕碎备用；将金耳、银耳先炖煮40分钟，再将泡好的桃胶、皂角米一起放入锅中；大火烧开后再小火慢炖1小时，中途需要不时搅拌，让金耳、银耳多翻滚。翻滚次数越多，出胶越多，不搅拌则容易粘锅；最后加入桂圆、黄冰糖、枸杞、红枣，待黄冰糖融化后，即可出锅。食一口，口感软糯香甜，唇齿留香。

古语云："不时不食。"意思是不合节令的食物不宜食用，而

梁河皂角米生长在祖国西南天然无污染的山林里，生长周期顺应四时变化，春生、夏长、秋收，滋补润燥，清热安神，无论什么时候食饮都适合。现在，借助电商平台，已成为远销国内外的畅销品。

❶ 挂满枝头的果实
❷ 皂角米

穿行龙江知鱼美

在梁河勐养段，发源于高黎贡山山脉的勐养江产的江鱼实在是人间一绝，其鱼颜色鲜艳，肉质紧实，味道鲜美，煮、烩、炖、煎、烤均可。尤其用勐养江水与干腌菜、葱、姜烹煮而成的清汤鱼，酸辣适中，鲜香可口，沁人心脾，胜似海参、鲍鱼等珍馐。

穿行在"四山抱一坝，中间一条江"的勐养，如果你不品尝一下"水中珍品"勐养江鱼，那就等于白到勐养了。

勐养江是勐养的母亲河，它发源于高黎贡山，是龙江进入德宏的第一站，江水自东向西奔腾，流经勐养坝子、芒市遮放、陇川勐约、瑞丽坝子，最后汇入缅甸伊洛瓦底江。由于独特的区位优势和地理环境，这里的江鱼颜色鲜艳，肉质紧实，味道鲜美，是方圆百里无法复制的美味。

清汤煮鱼

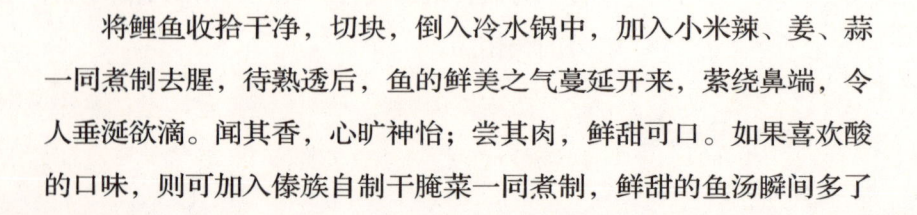

将鲤鱼收拾干净，切块，倒入冷水锅中，加入小米辣、姜、蒜一同煮制去腥，待熟透后，鱼的鲜美之气蔓延开来，萦绕鼻端，令人垂涎欲滴。闻其香，心旷神怡；尝其肉，鲜甜可口。如果喜欢酸的口味，则可加入傣族自制干腌菜一同煮制，鲜甜的鱼汤瞬间多了

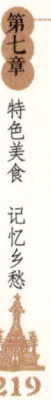

一番酸爽，十分开胃，搭配勐养特色稻米"软88"，是真正的下饭"神器"。除此之外，傣族人通常还会搭配一碗蘸料，大芫荽、生抽、煳辣椒、小米辣、香辣蓼、芫荽子、荆芥、单山蘸料组合在一起，加入适当鱼汤，便制成了一碗独具特色的鱼蘸水，以鲜嫩紧实的鱼肉蘸食，成为一道让人欲罢不能的傣族风味美食。

江鱼撒苤

撒苤是傣族的一道传统美食，也是德宏人民生活中的一道难以替代的"餐桌必需品"，市面上普遍的做法为柠檬撒、苦

清汤鱼

撒、油辣子撒等。而勐养的江鱼撒苤却是独有一番风味。取江鱼身上一片新鲜鱼肉，将鱼皮刨净，抽去筋络，加小米辣剁为肉泥，放入容器，加入姜末、盐、生抽调味，根据个人喜好选择茴香碎加傣族特制米醋，或者是韭菜碎加本地特色腌菜膏水，搅拌均匀后用细米线蘸食，酸、辣、凉直透心底，令人心旷神怡，是夏天解暑的不二选择。

砂锅炖鱼

如果你是一位好重口、喜麻辣的食客，那么一定不能错过这道砂锅炖黄辣丁。黄辣丁肉质鲜嫩，利用砂锅受热均匀的特点，可以将鱼与作料的味道充分混合，最大限度地将香味锁住。具体做法是：将黄辣丁切为小块，加入姜末、蒜末、小米辣末、傣族自制煳辣椒、芫荽末、生抽，腌制一段时间后放入砂锅。大火烧开转文火慢炖，炖至快熟透时加入荆芥再炖几分钟即可出锅。开盖时香气扑鼻，定让你胃口大开。鱼肉软烂，入口即化，各类作料的香味与鱼肉的鲜美融为一体，将麻、辣、鲜、香四字体现得淋漓尽致。舀一勺浓汤在勐养"软88"上，绝对令你食欲大开，唇齿生香，回味无穷。

香煎小鱼

如果说清汤鱼丸讲究的是鲜甜，鱼撒讲究的是爽口，砂锅鱼讲究的是浓香，那么这道香煎小鱼就是酥脆最好的代名词。将小鱼洗净后放入拍碎的蒜瓣，加入盐、生抽、傣族自酿白酒腌制，入味去

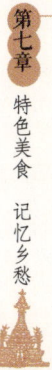

腥。如果恰逢时节，还可将傣族木瓜与姜片榨汁后淋入，便能更香更入味。腌制过后控干水分，放入油锅中炸至金黄即可出锅，装盘后趁着热气撒上单山蘸料，一盘香煎小鱼便可上桌。在酒文化底蕴深厚的勐养，推杯换盏之际来一口香煎小鱼，入口酥脆、香气四溢，是难得一尝的下酒菜。

香煎鱼

九保小吃连成街

九保作为"南方丝绸之路"古道上一个重要的驿站,因其历史悠久、位置独特,自古以来便是梁河对外宣传的窗口,经贸往来的集散地。其进深悠长的街铺弄堂、古朴雅致的石板道路、琳琅满目的商品、众多风味独特的小吃,展示了它穿越岁月的沧桑与盛世之下的活力四射。

九保街过去叫右安街,曾是"南方古丝绸之路"必经的驿站。史料记载:清宣统三年(1911年),右安街两侧店铺林立,有旅舍、马店、食馆、杂货铺、酒店、当铺、邮亭,还有护路队,每逢街天,马帮来往不断。如今的九保街几乎和梁河县城连为一体,喧嚣中又显得那样宁静。虽已没有了旧时的景象,但只要步入九保,临街而坐,细品这远近闻名的小吃,依旧能嗅到历史的芬芳。

九保街小吃最受欢迎的要数豌豆粉。

历经风雨的老屋前,一把巨大的泛黄了的油纸伞下,老大妈一边娴熟地操弄着手中切豆粉的刀,一边笑盈盈地招呼顾客。黄灿灿的豌豆粉在她手里由大块变成小块,由小块变成细条,再把细条状的豌豆粉放入青花瓷碗里,按顺序放入卤子、土制酱油、辣椒油、姜末、蒜泥等十多种调料,一碗色、香、味俱全的凉拌豌豆粉就这样摆在了你面前。举箸搅拌,香味儿直钻鼻孔,入口品尝,鲜嫩滑爽,满口生津。老大妈看你吃得起劲,定会打开话匣子:"做豌豆粉需十多个工序,除了选好上乘的豌豆外,在锅里搅拌豆浆这个环节最重要,一定要顺着一个方向搅,否则,就会乱了'丝头',做

❶❷ 赶美食街

出的豌豆粉就不好吃了。"如果你问老大妈卖豌豆粉多久了，她准会眯起笑眼："我们家做豌豆粉三代人了，我外婆年轻时是个做豌豆粉的好手，还给南甸土司家送过好几回豌豆粉呢！"在不知不觉的唠嗑中，大碗的豌豆粉很快吃完了，味道果真地道。如果再配套吃上一碗卷粉，喝上半碗陈醋，是最惬

第七章 特色美食 记忆乡愁

223

意不过的事了！

"炪肉米线"堪称九保街小吃中的一绝。

逛早市的人还不多，但李家媳妇的"炪肉米线"摊前已挤满了人，只见她手脚利索地把米线放入锅里，稍稍搅动，捞起来，加上帽子、放入调料……忙碌地满足着顾客不同的需求。摊前围桌而坐的顾客"吸溜吸溜"大口地吃着"炪肉米线"，还情不自禁地赞美着："骨头汤真鲜！""肉又炪又香！""哦！咸菜腌得真好。"这时早市上人渐渐多了，还有人来到摊前想吃"炪肉米线"，但米线已卖完，只好沮丧地回去。

到九保街品尝过小吃的人，都知道那个卖"水煮汤圆"的阿婆。火红的蜂窝煤早已把一大锅水煮沸，一眨眼工夫，阿婆变戏法似的把手中一坨和好的面团捏成一个个丸子丢入锅中，洁白可爱的汤圆在沸水中翻滚着，阿婆就会喃喃自语："我家有群小白鹅，稀里哗啦撵下河，飘的飘，落的落。"吃汤圆的人被逗乐了：这不是九保民间关于汤圆的灯谜吗？眼前这个目不识丁的阿婆，想必是受到九保古镇这块风水宝地的文化熏陶吧！要不，煮出的汤圆怎会入口即化，味道清新怡人、香甜可口呢？

"大薄片"在九保街非常走俏，这是把猪头、猪耳、猪舌煮至八成熟再切成薄片，放入作料腌制而成的一种特色菜肴。别看操刀的摊主是个彪悍的汉子，却能把肉片切得薄如宣纸，晶莹剔透，作料放得恰到好处。诱人的香味刺激着味觉，让人垂涎三尺。尝一尝，既爽口又劲道，实属美味！买上半斤八两准备离去，大汉子会迅速为你添上几块肉片，此时你会顿生好感，萌生"下次还来"的念头。

三四月间，置身九保街，若闻到扑鼻浓香，一准是哪家食馆在炖小花鱼了。闻香而来，食馆里，红红的炭火上，炖在砂锅里的小花鱼热气腾腾，"啧啧"地响着。慕名而来的食客早已准备了小酒，想好好美餐一顿。怪不得民国时期九保学者李学诗有诗曰："骨软脂肥子满腹，青质黑章长寸余。好似清明桃花开，结伴携酒江边

来。吾人行乐须及时，良时一过无鱼食。"说明花鱼的鲜美和珍贵。

九保街小吃还有糯米香粑、牛肉饵丝、烤饭团、火烧粑粑、油炸饼、炒面渣、麦芽糖……九保街的小吃很多很多。

无论是善良的老大妈、慈祥的阿婆，还是麻利的小媳妇，懂得生意经的大汉子，生活在这块土地上的精明能干、乐善好施的人们，都在演绎着九保人的传统和新观念，传承着九保古镇昨日的文化，固守着心灵的精神家园。

九保街小吃，总让人流连忘返。这般好滋好味，品出的是一方风雅之地的古韵今风。

❶ 凉拌猪耳大薄片
❷ 卷粉

舌尖上的红茂

毗邻大金塔的红茂村，搭乘时代发展的快车，迅速掀起开办"乡村农家乐"的热潮，从名不见经传的郊外农村到远近闻名的"乡村农家乐"，红茂村不仅富了起来，还承载着人们挥之不去的美食记忆。

品味三餐，尊享四季。来到云南梁河，最美的事就是前往金塔旁边一个叫"红茂"的村庄，享受一次舌尖上的盛宴。

金秋时节来到红茂，有鲜美可口的"谷花鱼"。"谷花鱼"是人们在原生态的山泉水灌溉的稻田里放养的鱼，这样的鱼不喂饲料，只在谷花绽放的稻子间游弋觅食。因谷花开的时候，也是它肉质最好吃的时候，故得"谷花鱼"之名。取鱼，刮洗干净，或煎或炸或煮或炖，煎炸讲究外焦里嫩，煮炖讲究作料调配，比如配上本地特有的茶叶尖、酸笋、干腌菜等，肉嫩不散，味美汤鲜，是宴客的"大菜"之一。而最让吃客留恋的当属"海陆空"——海，取之于养在稻田的稻花鱼；陆，取之于本地大山上的棕苞米；空，取之于天上飞的葫芦蜂蜂蛹。烹制时，把洗净的稻花鱼放入冒泡的油锅里炸成两面金黄，油锅加入清泉水，放入炸好的鱼和洗净的蜂蛹、棕苞米，再配以葱、姜、蒜、辣椒、芫荽，煮15分钟左右即可出锅。喝口"海陆空"的汤，香气扑鼻、鲜美至极；再尝鱼肉，嫩滑甘甜、回味悠长。

来到梁河红茂，还有一道炝鸡拌面不得不吃。这是一道把毫不

相干的鸡和面两样食材完美结合在一起的菜品。烹制时，把生态养殖的鸡杀好洗净、砍成小块，配姜、盐放入锅中煮熟，再把泡好的面条放入，将葱花、花生、八角、炸好的干香辣作料铺撒在表面，将锅中烧得滚烫的油淋上去，使鸡肉、面条和作料完美地结合，香气扑鼻而来，让人垂涎欲滴。

来到红茂，你还要品尝一下阿昌族特色美食：烧鸡。制作时，把农家鸡杀好洗净，砍成块状的鸡肉腌制15分钟以上，在通红的火木炭上烧烤，厨师娴熟地翻烤着，控制着火候，十几分钟的烤制，烟火味渐渐沁入鸡肉之中，通红的火炭将鸡

红茂美食荟萃

肉的香味完美地激发出来。配之腌菜膏蘸水，尝一口，香辣可口、嫩而不腻，让人食之而不能忘。

在红茂，还有许多令人称赞的美食，每道菜都会打动你的味蕾，让你感受到不是故乡似故乡。

❶ 五香干巴
❷ 梁河干拼
❸ 撒大鲁

❶ 鬼鸡

❷ 火炖沙鳅鱼

迎客礼推八大碗

中国是礼仪之邦，在红白喜事中待客自是十分讲究。清朝皇家最知名宴席"满汉全席"多达108道菜肴，每一道都有烦琐的工序，做法十分考究。那样吃的不仅仅是盛宴，更是一种奢侈与腐化。而取自农家原生态食材的梁河"八大碗"，既是美食家饕餮大餐的味觉享受，更是勤劳智慧的梁河人民勇于创新的绝好见证。

红白喜事、讨亲嫁女是人们生活中的一项重要内容，谁家都少不了。生活在边疆小城的梁河人民，一直秉承着热情与淳朴，豪放与勤劳的传统，每次家里有大事小情，总是倾尽所有，款待宾客，直到宾主尽欢，众人散去，而传统的"八大碗"就成了梁河待客的最高标准。

"八大碗"来源于中原传统文化，"八"是指数量不能低于八碗，而不是绝对的八碗。传统意义上的八大碗荤素搭配，并非清一色荤菜。较出名的"八大碗"有满族八大碗：雪菜炒小豆腐、卤虾豆腐蛋、炮猪手、灼田鸡、小鸡珍蘑粉、年猪烩菜、御府椿鱼、阿玛尊肉。江浙一带的八大碗是：万三蹄、三味圆、蚬江水鲜、红烧鳝筒、田螺塞肉、红烧鳜鱼、油卜塞肉、农家鳗鲤菜等。云南省红河建水一带的八大碗为条子肉、煨酥肉、笋丝、粉丝、膀、豆腐皮、黄焖排骨、滑肉片等。梁河县的"八大碗"采用当地农家食材，既有中原文化的传统印迹，又有边疆民族地区的风味特色，与知名的"八大碗"相比毫不逊色，其主要菜名是：肘子（大白炖）、千张肉、酥肉、八宝饭、红烧鱼、清炖鸡、百合圆子、五香

拼盘等。

  随着人们生活水平的不断提高，"八大碗"的种类和做法也在不断翻新，但无论怎样演变，人们对吃"八大碗"的那一份期盼和向往，总是那样的热情而恒定。

南甸土司宴

编后语

《文化德宏·梁河》历经三年多时间，在梁河县委、县政府的坚强领导下，在全县各位文化名家的鼎力支持下，几经波折，几易其稿，终于在2022年5月编撰成书并交稿。在这里，梁河县委宣传部全体人员谨怀诚挚的心情向德宏州委宣传部，向梁河县委、县政府主要领导、向全体编撰人员和云南人民出版社等单位部门的领导和有关人员表示深深的感谢。

"大鹏之动，非一羽之轻也；骐骥之速，非一足之力也。"《文化德宏·梁河》于2019年6开始酝酿，起初由梁河县作家协会负责编撰。由于时间短促，撰写人员众多，稿件质量始终不尽如人意。但在德宏州委宣传部和梁河县委、县政府的关心支持下，在梁河县众多文化名家的鼎力支持下，我们不断调整创作导向，积极组织创编力量，始终以高昂的斗志和饱满的精神，宵衣旰食，夙兴夜寐，不辞辛劳，不计报酬，全力以赴，总算在规定的时间范围内完成了稿件的创编工作。

《文化德宏·梁河》一书涵盖梁河的方方面面，是对外宣传梁河的一个重要平台和载体。它不同于一般的宣传品，也不同于传统

的地方史料，它以挖掘和展示梁河自然环境、历史遗存、民族风情、文化瑰宝、人文精神为主要内容，以文学作品的方式宣传梁河丰富的内涵，既有文学艺术的美又有公文写作的说理叙事，仿佛一个迷人的女子亦歌亦舞，亦嗔亦笑，用真情实感从"观（观梁河风景）、看（看梁河变化）、听（听梁河葫芦丝音乐）、品（品梁河回龙茶）、尝（尝梁河美食）、游（游梁河山水）、赏（赏梁河景区景点）"等方面向你娓娓道来，让你未曾进入梁河，便能感受到那风景如画的美丽，那扑鼻而来的美食馨香，以及那"枫桥未曾入君面，去留两难情依依"的牵挂与难舍。

由于水平有限，缺点和错误在所难免，恳请各位读者给予批评指正！

中共梁河县委宣传部

2022 年 10 月